童年的小宇宙

李淼 著

人民文学出版社

图书在版编目（CIP）数据

童年的小宇宙 / 李淼著. -- 北京：人民文学出版
社, 2024. -- （我们小时候）. -- ISBN 978-7-02
-018800-0

Ⅰ. I267

中国国家版本馆CIP数据核字第 2024D3D773 号

责任编辑　朱卫净　孙玉虎　王雪纯
装帧设计　汪佳诗

出版发行　人民文学出版社
社　　址　北京市朝内大街166号
邮政编码　100705

印　　制　山东临沂新华印刷物流集团有限责任公司
经　　销　全国新华书店等

字　　数　77千字
开　　本　890毫米×1240毫米　1/32
印　　张　6
版　　次　2024年8月北京第1版
印　　次　2024年8月第1次印刷

书　　号　978-7-02-018800-0
定　　价　55.00 元

如有印装质量问题，请与本社图书销售中心调换。电话：010-65233595

做有生命的人

韩 松

2013 年，"我们小时候"丛书横空出世，先后推出了王安忆、苏童、迟子建、毕飞宇、周国平、郁雨君、张炜、叶兆言、宗璞、张梅溪等文学名家回忆童年的散文作品。十余年过去，"我们小时候"这一品牌越发响亮，如今，出版方又开辟了科学家系列。

新增的这套书，是我国有成就的科学家们，讲述自己小时候的故事——都是亲历的人和事，他们又善于讲，无不娓娓动听。从中看到的，是一株株水灵灵成长的秧苗，是一颗颗丰富充沛的心灵，是一个个阳光雨露下活泼自由的生命。

他们中的好几位，我在工作中就认识，感到有个特点，就是都有小孩子的天性，率真可爱而童趣盎然。他们写起自己小时候的故事，仿佛也是写现在的自己。

我不禁想到英国星际协会会长、著名科幻作家阿瑟·克拉克，给自己撰写的墓志铭："他从未长大，但他从未停止成长。"或许有成就的人，都会保持小孩子的童真。

我以为，孩子阶段所养成的基本素质，将决定整个人生。中国古话说"三岁看大，七岁看老"，这是有道理的。有研究表明，小孩从出生到三岁，大脑发育已达到成人脑重的70%，而在三岁至八岁会完成剩余的30%。

因此，有成就的科学家是如何走过这一阶段的，颇有启示。

从这套书中看到，作者们还是孩子时，普遍具有很强的觉察力和好奇心，他们对未知的世界充满热爱和兴趣，急切地拥抱天地万物，对动物、植物，对一滴水，对一株草，对大自然，对它们的来历和变化，都想追问一串为什么。他们对星星为什么会待在天空上，也要探寻个究竟。

另外，他们还充满想象力。看到一支舵，想到大海；看到一片雪花，想到天宇。然后他们会去辨析这些事物之间的不同。想象力，是觉察力和好奇心的进一步发挥，要穷极八荒，给未知找一个答案，破解大自然藏起来的秘密。

他们还都有一种自我驱动的力量，表现在很小就自觉地有了人生目标，并认真地为达到这个目标而不懈努力，心无旁骛，不浪费时间。他们有很强的动手能力。好几位讲到，他们小时候，经常主动尝试去做一个或生物的或物理的或数学的实验，虽然还很粗浅，但对于那时的孩子来说，已经是很厉害了。他们还在这个过程中，养成了判断和选择的能力。

他们都十分热爱学习，而不是坐在那里空想，或者把好奇心等同于无节制的玩耍。他们注重打好知识基础，把课堂里学到的，与生活中观察到的，结合在一起。很奇异的是，到了考大学时，这些人几乎没有疑义地都成了学霸，成了状元。

他们从小就拥有一颗善良和正直的心。待人处事时，谦虚有礼，讲情重义，仁爱守信，留下了许多与长辈、邻里、老师、小伙伴相处的美妙故事。做一个成功的人，首先是做一个有道德的人。

让我感到钦佩的是，他们是科学家，却都十分重视人文，有很高超的文学艺术水平，有的还是诗人和艺术家。或许，科学的后面，更需要人文为支撑。科技最终是为人的，一颗温暖而敏锐的、富有诗意的心灵，是发现宇宙奥秘的根本。

他们也详细描述了自己的成长环境。他们对家乡的山川形胜、历史文化，满怀挚爱。他们善于引经据典，也熟悉白描的技能，讲起故土的风物、史实、掌故、传说、佚闻、风俗、文学、艺术、音乐、美食，如数家珍——渊博知识外，更有无限深情。他们中的不少人生活在中国历史上有名的县城，那里本来就出过名人，有悠久灿烂的文化。他们从小也因此受到熏陶。不得不说，优秀传统文化对人的影响，有多么重要；而优秀的心灵，就像蜜蜂一样，能够从中采撷到丰富的养分。

他们写的是小时候的故事，却以孩子的视角，描述了一个大时代的变迁：他们及其周围的人们，在亘古未有的剧变中沉浮，冲波逆流。偶然性和必然性，织构成了命运。抓住时代的机遇，不被暂时的困难吓退，始终保持对未来的乐观和达观，便是成功的诀窍。而这套书的价值又远远超出了成功学的传授。它是一部百科全书，从中一窥中华文明的变迁、大自然的奇妙壮阔、时代的风云变幻、科学与文化的交融，从而启迪人生，传播真知。相信无论大人孩子，都会从这套书的阅读中受益无穷。

如今，我们来到了"科技是第一现实"的时代，正值新一轮科技革命发生，我们又一次感到，优秀的科学家和工程师，对于国家的现代化进步，是多么的重要。了解科学家的成长经历，在今天看来，有了十分现实的意义。相对于他们，如今有的孩子被死死绑在单调的课程上，接受机械的教育，被要求对丰富的世界只能给出一个答案，他们本来开放的心扉被封闭了起来。科技已成决定国家前途的要害，而如何出人才，又是核心，这里的关键在于教育。我们需要突破无形的枷锁和有形的制约，培养出充满热爱、兴趣、丰沛的想象和满满的求知精神的一代新人。在这个越来越像是"由机器说了算"的时代，更需要激发人类的自由活泼的生命力。所以这套书的出版，是一场及时雨。

目　录

1. 这个地方叫涟水

　　从物质上看，这个地方在我成长的时代并没有什么值得记录的。尽管很多人没有听说过这个地方，它在历史上也算一个县级名城，这些年来，已妥妥地位列百强县。南北朝时，一位诗人在这里长大。他的《拟行路难》应该影响过李白的更加著名的《行路难》，因此杜甫将李白比方成"俊逸鲍参军"。鲍照，是这个县的文化名人。

　　历史在这里慢慢地演变，和所有地方一样上演了无数悲欢离合。曾经流过的黄河留下了一节曲折流淌却温驯的水，水不深却很宽阔，成了废黄河，也叫黄河故道。我在废黄河里游泳的时候，有孩子也有大人说，过去还能在河里捞出生锈的钢盔以及类似的东西，这些都是当年解放战争留下来的，包括张灵甫的部队。恰恰因为几次激烈的战斗，这个小城，涟水，没有留下任何古迹。

向西南走几十里，在一个久远的历史转折点，一个注定出名的破落韩国贵族腰间悬着长剑，在一个更加有名的地方无所事事地晃荡，这就是淮阴，现在则叫淮安。那个当时的破落户、后来的战神名叫韩信。我的出生地涟水两千多年以来一直和淮安在文化和经济上几乎是一体的。某种意义上来说，涟水是四战之地，因为它和四个市相连，而淮安也是兵家必争之地：向南是扬州，向北是徐州。运河给淮安和涟水带来了长期的繁荣，出了吴承恩这样的文学家，但这里并没有出过有太大影响的政治家。这种情况在 19 世纪末发生了改变，一个来自绍兴的周家产出了一个婴儿，他是周恩来。有意思的是，为了前途离开绍兴来到淮安的周恩来的祖父，在涟水做过代理知县。

所有这些光荣历史，和在涟水生活了数百年的李家并没有什么关系。如同任何一个大家族一样，我们这个家族出过名人也出过政治家，更多的却是继续在涟水生活的子孙。我不知道第一个在元末明初从苏州移民来的祖先住在什么地方，我的直系祖先连续几代是老实本分的农民。我的祖父一辈子生活在一个叫瓦滩村的地方，村子下面更小的单元在改革开放之前叫刘李生产队，现在当然叫刘李村民小组了。

我们家我爸爸是第一代离开土地的，即使如此，他一个月至少回瓦滩一次，有时会带上我以及妹妹。上学前和上学之后的假期中，我也是经常回到瓦滩的，一来我爸爸要我去，二来村里也确实有不少吸引我的地方，比如下河捉鱼，比如挖红薯。我甚至喜欢跟着我二爹（我爷爷的弟弟）去耕地。瓦滩的土地可不是什么肥沃的土地，很多是盐碱地，说明很多很多年前这里曾经是大海。直到如今，我妈在瓦滩村还有一些土地，当然这仅仅是名义上的。

我几乎不记得三岁之前的任何事，也许除了一两件在瓦滩的事。每一次，我不会在瓦滩住很久，原因是蚊子实在太多了，我奶奶又不来帮我赶蚊子。被蚊子咬醒而哭闹，应该是我能记得的三岁之前的事情之一。我被咬醒之后，我奶奶会说，乖乖和子，忍一会儿就没事了。和子，是我的乳名。我奶奶一般在草屋里睡觉，睡觉之前她会点上煤油灯，将门板上起来并且关上门拴，也是我能记得的事。夏天天太热的话，我就在下下来的门板上睡觉，我奶奶也就无法关门了。

我奶奶是我见过的最吃苦耐劳的人。没有办法，平时她身边没有人。她一辈子生了不少孩子，活下来的就有七个，这些孩子成人后都不和她生活在一起，而我爷爷又走得早，我从来没有见过我爷爷。那时，我爸爸在城里工厂里工作，和大伯成为我家仅有的在城里的人。我爸爸在奶奶这一系里是最有文化的，因此他觉得他有义务经常回村里，一来给大家带点吃的，二来做一些排难解纷的事。他排行老三，因此大家叫他三爷。三爷这么有威信，这让我莫名地自我感觉良好。每次回村里，我都觉得自己是被大家看重的孩子，尽管，大家除了给我一些好吃的，其他方面根本不会和我这个懂事不多的孩子说些什么。

在那个时代，农村和城市表面上看没有现在的差别大，无非一个人烟稀少，一个人口聚集；一个主要是茅草房形成的村落，一个主要是砖瓦房构成的厂区和居民点；一个只有很少的小商店可以购买生活必需品，一个拥有一些由比较多比较大的商店形成的街道。我从小长到十六岁离开涟水，几乎没有爬过楼。大约在我读初中的时候，我妈的厂子里建了也许是整个涟水城的第一座楼，只有三层高。同时，这个厂有了第一台公用的黑白电视机。厂里除了同辈的小朋友，还有比我大十多岁的青年职工，可以听他们讲故事，可以跟他们学习打乒乓球。在农村，除了表兄弟姐妹，我几乎没有什么朋友。但我可以去抓鱼，去摘玉米，去用芦苇管做笛子。可以说，我是一个城乡接合部长大的孩子，城和乡有区别，但区别不大。

2. 棉织厂

　　我妈毕业于无锡轻工业学院，那个时候无锡轻工业学院还是个中等专业学校，几经沿革，现在有一个很浪漫的名字：江南大学。她毕业后就被分配到涟水，一来就进了棉织厂。她从技术员做起，在生产股。普通技术员一当就是十几年，后来当上了生产股股长、副厂长，然后是厂长。在我上大学的前两年，她当上了棉织厂书记，因为老书记退休了。

　　这是我在其中长大的一个厂子，原来的全名叫涟水县棉织厂，它的后身现在也还在。当年，这可是一个重要的工厂，在整个涟水县，规模上它也要排在前面。那个时候，厂里就有几百名工人，除了正式工还有合同工和临时工。读者可能会问，既然你还小，怎么会知道有这些不同工人的区别？我家亲戚就有做合同工和临时工的，他们经常来我家玩。再说，等我上初中时，就开始勤工俭学了，在棉织厂做过几个假期的临时工，工资按小时算。

20世纪80年代以前，涟水一直是一个很小的县城，县城和涟城镇的镇子重合。主要街道也就是马路，只有两条，一条南北向，一条东西向，呈"厂"字形。棉织厂位于南北大路的西侧，就是"厂"字中"丿"的中部右侧。

所有正式工人都住在厂区，我家不例外地也住在厂里，只是，那个最大的宿舍和工厂并不相连，下一节我就会讲到。等我长到快上学了，我家就搬进厂区了。厂区分成两部分，外面这部分是生活区，一排排宿舍，一个操场，一个很大的食堂兼大会堂，还有几个厕所。现在的年轻人可能不知道，在那个时代，人住的房子是并不带厕所的，都是在宿舍外面建一个公用厕所，很像在北京的胡同里那样。由于厂区离最近的农村不远，隔三岔五地就有农民来清理厕所，将粪便挑回去处理一下倒进田里做肥料。

我家搬到厂区的时候，我很快就要六岁，也就是说很快就要上学了。跟我玩得最好的几个人，两个比我小一岁，一个比我大了不到一岁，都还没有上学。两个比我小一岁的现在还有联系，倒是比我略大一点的，虽然我们一同上学，却失去了联系。失去联系的原因有两个。第一个原因是他后来留在了棉织厂工作，听说还是厂篮球队的主力，后来也没有从涟水去淮安，而我父母都跟着我弟弟去了淮安。第二个原因是我大约有三十年没有回过棉织厂了。

棉织厂的生活区域很大，因为工人多。对于我们孩子来说，宿舍不好玩，因为每家只有一间房。如果我想约小伙伴打扑克，最好的地方也不是家里，除非父母都上班去了。一年四季，总有一个地方可以去，就是大食堂兼大会堂。食堂其实很少用来开会，一年到头全厂职工大会不多。吃饭的时候，有一些人，也不多。有家庭的人都在家里吃饭，单身

有几个地方特别好玩。一个是晾晒棉纱的地方，那里都是成排的竹竿，可以在竹竿之间穿来穿去，还可以骑在竹竿上。最有意思的是，当工人叔叔和阿姨们晒棉纱的时候，我们可以在棉纱里面捉迷藏。

汉会来食堂吃饭，多数打了饭拿回宿舍吃去了。这样，大食堂就成了我们玩耍的天堂。

在食堂我们都干些什么呢？两件事我们做得最多，第一是打扑克，第二是打乒乓球。食堂有一个舞台，既可以在开大会的时候让领导坐在上面，也可以用来做文艺演出的舞台。舞台靠后的正中间，有一张毛主席去安源的大幅油画，很多年一直在那里。在舞台下面，有几张乒乓球台。球台之外，才是吃饭的桌子，排成两排。每张饭桌都是长条形的，桌子和凳子用铁焊在一起，大约可以坐五六个人。不打乒乓球的时候，我就和朋友们坐在饭桌上打扑克：两个人坐在凳子上，两个人坐在桌子的两头，用来打"争上游"或者"四十分"，完美。这些事，当然是我上学之后才干的。我家在我五岁的时候搬到厂区，搬来的第一个两年我都干了些什么，基本记不得了。

要知道，对于我们这些孩子来说，我们的活动区域不可能局限在生活区，我们经常将玩耍的范围扩展到生产区。棉织厂的生产区和生活区用一个不高的围墙隔起来。围墙中间开了一个门。进门右转向前走，是一个车间，是检验成品布质量的地方。再向里走，又一个车间，是用来擦亮电动纺织机的一个重要部件的地方，这个部件我们叫钢筘，用来分开棉纱的。最里面，就是主要车间了，织布的车间。这几个车间并不好玩，尤其是织布车间，自动纺织机的噪声太大了，是来回飞动的梭子和其他部件产生的。这些噪声我们在生活区都能听到。

有几个地方特别好玩。一个是晾晒棉纱的地方，那里都是成排的竹竿，可以在竹竿之间穿来穿去，还可以骑在竹竿上。最有意思的是，当工人叔叔和阿姨们晒棉纱的时候，我们可以在棉纱里面捉迷藏。另一个好玩的地方是加工车间，里面钻床、刨床、车床一应俱全。可以围观工人加工机械零件，这实在是一件有趣的事。有时候，我们会问工人叔叔，那些加工废了的东西还有用没用？偶尔，回答是没有用了，我们欢天喜地捡回家，成为自己的收藏宝物之一。更有时候，运气好的话，从哪里弄来了一节质量好的木头——那个时代这并不容易，央求车工叔叔用机器帮自己做一个玩具，比如一只木头花瓶，一个陀螺。

还有几个好玩的地方。一个是废铜铁垃圾堆，在这里，我们也就是看看，虽说那些废弃的零件被扔到露天了，但厂里还是要回收的。这里有管子，钢板，坏龙头，纺织机上的零碎，坏了的织布梭，坏了的纱锭，电线，车床的刨花……五花八门的东西不少。我尤其喜欢铜质废弃物，可是，基本不敢拿回家，因为厂里是不让的。铜是很值钱的东西，可以拿到废品收购站去卖，最不济也可以拿去跟卖麦芽糖的换糖吃。

既然是织布厂，就有处理棉纱的地方：浆染和烘干，做这两道工序的车间叫浆染车间。听上去，这不是一个好玩的地方。且慢，这是我当年去得最多的地方。既然要浆染棉纱，就要烧开水，将棉纱放进一个一个长方形的铁箱子里面浆染。这样，我们就有机会去洗澡。厂里有一个洗澡堂，虽然经常开，但没有去浆染车间洗澡方便。在浆染棉纱的铁箱里坐下，水面刚好到下巴。我爸爸和那里的工人比较熟，所以浆染车间经常给我们开方便之门。很久很久以后，我能在浴缸里洗澡了，却觉得失去了在浆染车间洗澡的快感。

浆染车间有一个用来烘干棉纱的大房子，里面没有什么光亮。晴天，棉纱都被拿出去晒了，那个暗黑的圆筒型大房子就空着，我们偶尔进去探险，倒也有趣。

前面提到了澡堂，这不是什么好玩的地方，人多，拥挤。澡堂边上的锅炉房还有点意思，我认识烧锅炉的工人，没事进去待一会儿，看他怎么将煤炭一铲一铲送进炉膛，也会煞有介事地看看气压表——其实我压根不懂气压该多少才合适。冬天，锅炉房是天堂。

棉织厂生产区最里面有一排房子，这里有形形色色的工人，比如，木匠。我不知道棉织厂为什么要有木匠，反正他们也不闲着。这排房子的后面就是围墙了，围墙之外是农村。我有没有翻围墙去农田呢？肯定有过，但次数极少，因为那些农田没有什么吸引力。

将生活区和生产区隔起来的围墙我倒是经常翻，因为墙不高，从墙上跳下去伤不到我。翻过去，就不用走中间的大门了。

3. 东北大宿舍

在我五岁之后，我们家才从东北大宿舍搬到棉织厂里面最北的一排宿舍。

东北大宿舍，也是我妈工作的涟水棉织厂的宿舍，只不过，它孤悬在棉织厂厂区之外。为什么叫东北大宿舍呢？因为它所在的方向在工厂的东北方向。前面我说了，棉织厂位于涟城镇南北主马路的西边。东北大宿舍呢，则位于那条主马路的东边，离主马路有一百米的距离；但每次从主马路走到东北大宿舍，我们总要路过一家农民的院子，那个院子，是我童年印象最深的地方。倒不是我和院子的主人熟悉，而是每次路过，我们都能体会到一年四季农时的变化：有时我会看到他们在院子里剥玉米，有时我会看到他们将麦子铺了一院子。甚至有时，当然在夏天，我会偷偷地在他们家外围的树上粘知了。至于路过槐树的时候，经常碰到在树枝上倒吊着的"吊死鬼"（一种虫子），那更是我后来经常怀念的事情。

现在记不得东北大宿舍有多少间房子了，反正从西到东，我要走好一阵子，它是棉织厂最大的宿舍。有意思的是，我家住在最西边，也就是最靠近马路的那一头，同时也是最靠近农家院子的那一头。那个年代，工厂里的人很平等，不论是普通工人还是技术员，还是车间主任甚至副厂长，每家只分得一间房，面积大约四十平方米吧。我们那时一家人有父母加外婆加上我和妹妹，住起来倒也不觉得拥挤。

我在那里度过了五年时光，记得一些事，多数事情自然是不记得的。我最早的记忆大约是三岁。那时我爸爸下班后或者周末，喜欢和邻居打牌，我会站在他身边瞎看，偶尔也会被他抱一会儿，他自然边打牌边抱着我。这种感受到父母之爱的短暂时光，是我一辈子几乎唯一能记得的。当然，还有一件事我能回忆起来，就是我和爸爸出门去我妈的工厂，或者去大街上买点东西，他偶然也会让我骑着他的脖子回家。

还有什么事让我感到温暖呢？那就是和我爸爸下乡。所谓下乡，就是从县城回到我爸爸的老家，那个时候叫瓦滩大队，现在叫瓦滩村。爸爸骑着车，我和妹妹坐在后面。我六岁之后，有了弟弟，就是弟弟坐在自行车前面，我和妹妹坐在后面，爸爸就这样一辆自行车载着四个人，从涟水骑到距离县城有三十里的瓦滩了。我们的出发点就是东北大宿舍后面的那条马路。

那条马路似乎在我有了记忆之后就在那里了，离我家很近，距离有三十米左右。我们的宿舍的结构非常简单，就是一个前后长左右窄的房间。为了五口人住起来方便，家里自然就将前后隔出一个房间来，后面的隔间小一些，我外婆住在后面。前面放了两张床，我父母一张，我和妹妹一张。为了最大限度地利用空间，家里还在前面的隔间上面搭了一个棚子，可见房间本来的高度不低。在棚子上面，放了很多平时不怎么用的东西。厨房不在这个房间里，东北大宿舍每家人都在门对面搭一个厨房，很小，厂里也就不干涉了。

我应该偶尔会睡在后面的隔间里面，因为我清楚地记得每当有一辆机动车路过后面的马路时，我不仅听得到声音，还会看到车灯打出的光透过窗户投射到我家的墙上。那时，我可一点都不觉得汽车也罢，拖拉机或者手扶拖拉机也好，会影响我的睡眠。只有当我醒着的时候，我才知道它们路过，等我一觉睡到天亮，我可不知道有什么机动车在我家后面的马路上路过了。

因为我家在宿舍的最西边，就有了一个优势，我们不但可以在门前的空地上，还可以在家的西边空地上种点东西。那时，由于经济原因，我爸爸没有种任何水果，而是种了一些青菜、辣椒和西红柿。

他也搭起了一个不大的篱笆和棚子，在篱笆边种了一些扁豆，这是一种有着紫红边的扁豆，拿来切成丝干炒最好吃了。也种了几棵丝瓜，多数拿来做汤和炒了，剩下两个让其变老，最后摘下来剥掉外皮，里面的丝瓤用来洗碗。

那时肉的供应不多，所以我不怎么记得扁豆炒肉丝。反正，用一点油和一点盐炒扁豆丝已经是很好的享受了。两周到一个月吃一次肉，通常是红烧——既然少，干脆一次吃个够。我一直没有提我妈，一来她是棉织厂的技术员，比较忙；二来，她并不怎么做家务，这和她的性格有关。

4. 我的百草园

上学之后，我会读书了，鲁迅的《从百草园到三味书屋》给我的印象最深，主要还是因为它的内容非常契合我的童心。鲁迅提到的那个很大的园子，多年以后我在绍兴的鲁迅故居看到了，确实非常大。

东北大宿舍的后面也有一个园子，想来也有鲁迅绍兴家里的后园那么大，也许要更大一些。假设每个宿舍宽五米，一共有二十个宿舍，那么我们的园子长度就不小于一百米了。从宿舍后墙到马路有三十米，马路下面有一个几米宽的水沟，这样推算，我们的园子也有二十多米宽。算下来，宿舍的后园居然有两千多平方米，和百草园的面积很接近。我们的园子里有草，有乱七八糟的植物，但没有树，有一点灌木，还有一些麻。

在宿舍的后墙和园子之间有一条人行道，说是人行道，其实是人踩出来的，不是有意修的路。我们会在人家的窗户下面翻翻，基本上除了虫子就是被丢弃的药。后来觉得实在没有什么新鲜的东西，就不在窗户下面寻觅了。

园子应该是属于棉织厂的，假如不是，农民会用来种庄稼。那个时候，工人们的主业是在厂里工作，不是种地，所以园子就荒着。也许厂里有什么规定不许在宿舍后面种东西，各家在自己的家门口多多少少会种一点蔬菜什么的，就像我们家。园子既然荒着，当然就是我们的乐园了。除了抓虫子，我记得最大的乐趣就是在各种花花草草上面捏蜻蜓。

当第一只蜻蜓出现的时候，我应该已经穿上短袖了，甚至穿上了"三根筋"，这是我们对老头衫的俗称。跟着这第一只蜻蜓，我蹑手蹑脚地走到后园，很快会在麻的枝叶上，或者什么灌木的枝叶上，看到另一只长着大眼睛的有着红红的身体和尾巴的蜻蜓，它静静地停在那里，翅膀也是静静地。我悄悄地走过去，悄悄地伸出手，一下子就捏住了它的翅膀。成功率还是很高的。

当然，蜻蜓有很多种，有的大一<u>些</u>，有的小一<u>些</u>，有的是红色的，有的是蓝色的。在某一个固定的时段，其中一种占多数。傍晚，它们往往成群结队地在离地面不高的空间飞舞，飞翔的高度不会超多我的头顶太多。遇到这种情况，我会静静地看着，也会没有来由地想俘获它们。俘获几只在队伍中飞舞的蜻蜓很简单，找一个扫帚，拿着它劈头盖脸照着蜻蜓群"舞"下去，很快就能抓住几只被扫帚砸蒙的蜻蜓。

这些可爱的精灵晚上住在哪里？我猜测就是后园的草上和灌木<u>丛</u>的枝叶<u>上</u>，它们休息的时候实在太爱停在那些地方了。哦，当然，它们也会停留在那条几米宽小河里长出的一丛丛芦苇上。其实，在水边，我会经常看到一些长得像蜻蜓的豆娘，它们比蜻蜓更加灵活，翅膀和身子都是窄窄的。要抓住一只很困难，它们的感觉太灵敏了，翅膀又太小，不容易被捏住。偶然有这么几回，当一只绿绿的豆娘落在芦苇上时，我会抓住它。因为豆娘太灵活，我们管它们叫"小水鬼"，它们贴着水面飞行的时候实在很优雅。

我那时实在太小，不能分辨后园里都长了什么草，反正种类不多，除了常见的叶子细长的草，就是我们俗称的"趴根草"了。这种草会长出几根长长的根，贴着地面慢慢深入泥土里去，不论旱涝，荒着的地方甚至人行小路，总有它们的影子。昆虫的种类也不多，我最感兴趣的是可爱的瓢虫，夏天里也会见到萤火虫。萤火虫不太多，晚上会见到几只，一纵一纵地向上飞，很快飞得很高或者很远直到消失，基本没有机会抓到它们。我外婆会跟我说，萤火虫是麦秆变的，我也信以为真。现在细想起来，大约是萤火虫开始出现的时候，也是麦子成熟被收割的时候。

后园里除了杂草和灌木丛，以及随之而来的昆虫，最常见的就是青蛙和癞蛤蟆了。我喜欢青蛙，但讨厌癞蛤蟆。下雨天，家里常常会爬进来一两只癞蛤蟆。我猜测就是从后园里来的，我或者爸爸就会拿起扫帚将这只不速之客扫出门去。我倒不记得有什么青蛙爬进家里，它们可能更喜欢待在野外。一到晚上，后面的小河里就传来它们的合唱，甚是催眠。

对了，蒲公英是后园里经常长的植物，开花之后，我会主动地拨弄它们，让那些大大小小的降落伞飞起来又落下来。至于那些盛开的野菊花，我除了呆呆地看着它们，并不知道掐几朵回家用水供起来。孩子的天性，应该更喜欢会动的东西吧，动物之外，就是会飞的蒲公英和芦苇花了。

整个东北大宿舍，只有一个厕所，位置在我家的后面，也就是后园的西头。晚上，我是不敢去后园玩的，但有时被迫上厕所，也是匆匆地去匆匆地回。怕黑，应该是所有孩子的共性吧。

5. 邻居们

写完以上两节，我回淮安给我妈过九十大寿。参加寿宴的有一位我妈当年棉织厂的同事，也有八十五岁了，我们谈起当年的东北大宿舍，阿姨告诉我，那里一共住了十八家职工，这和前面讲的差不多。

这十八家，多半是女主人在棉织厂工作，这就看出棉织厂的资源在县里是很好的。我的印象中，各家的孩子是女儿居多。我家是一男一女，我妹妹比我小两岁，我弟弟还没有出生。我家住东北大宿舍第一间，住第四间的家里有一个女儿，比我小不到一岁，名字叫丁科。在整个东北大宿舍，我是老大，她就是老二，所以我经常和她一起玩。

丁科的妈妈患有一种奇怪的病，我那时小，不知道叫什么病。每天，丁妈妈都要煎中药，她们家门前总有倒掉的药渣。还有，丁妈妈经常用油泡馒头吃，甚至干脆喝油，说是为了治病。那年头，物质不丰富，也不知道她们家从哪里弄来这么多油，我看着眼馋。丁妈妈虽然身体不好，却一直在厂里上班。丁爸爸人很和气，个子高身体又很结实，好像精瘦精瘦的丁妈妈身上的肉都长到他身上去了。丁爸爸的和气被他的人高马大完全掩盖了，以至于我很少敢和他说话。他是棉织厂隔壁供电局的电工。丁妈妈虽然上班，应该就是那种特别清闲的，她的干瘦的身板既不适合做纺织工，也不适合做质量检验工，前者需要体力，后者需要集中注意力。丁爸爸除了在供电局干活，也在东北大宿舍干活，不论哪家的电灯出问题了，他总是免费帮人家修好。自然，带着他的工具（一般挂在腰间），扛一个梯子，他也来过我家。老虎钳加测电笔是必备的工具，我的印象非常深刻。那时我就想，给我老虎钳和测电笔，再加一段电线，我也能干电工啊。后来我真的有了一支测电笔，搭在电线上，笔中间会发出电火花。

顺着东北大宿舍后园的西边人行道走，可以走到涟水的南北主干道和宿舍后面马路的交叉口。越过交叉口向西，就是涟水县城的唯一一家电影院。电影院门前有一个巨大的台阶，这台阶做得非常艺术，由几个错落有致、高低不等的部分构成。这里，是我和丁科经常一起去的地方。由于那时太小，我不太记得我们在那里都干了什么，也可能就是简单地上下台阶，和坐在台阶上说一些只有孩子才听得懂的话。现在的年轻人可能会疑惑，这么小的孩子，家长怎么放心让他们出去？这应该是那个时代的特点，也没有听说哪个五岁以下的孩子出门出事了。

这家电影院基本在晚上放映电影。那时电影少，晚上这段时间足够了，我记得，那时还跑片子，就是说，一个胶片在别的地方放映，差不多同时也在我们的电影院放映，有专人骑着摩托在两个地方之间将片子传来传去。如果这个人中间耽误了一点时间，电影放映中就得暂停一点时间。

白天，电影院是很安静的，这是我和丁科玩耍的时间。电影院两侧各有一个院子，北边那个院子是职工住的地方。南边的院子没有人住，我们就溜进去，有时会贴近电影院的侧门，听正在放映的电影里的对话和音乐。那个时候我可不知道北边院子里有一个姓向的人家，向家有一个和我一般大的女儿。到了上高中，我才知道这件事，那个闺女叫向小红，可以说是我们中学的校花。我在高中毕业之后很久，都会想到她，因为她的美丽确实是罕见的。

这么说，我觉得有点对不起丁科，我五岁之前的小伙伴。我只记得她有一个鹅蛋脸，几点淡淡的雀斑，以及糖吃多了导致的牙上的黑斑。我家搬进厂区后，就很少能见到丁科了，偶尔见到，她会冲着我嘻嘻地笑。等我上大学回来过假期，我妈跟我说，小丁科现在真漂亮啊。女大十八变，也许我最初的玩伴和向小红比也差不了多少。回到电影院，还有一些必须交代的事，比方说，在电影放映之前和放映之间，总有几个小摊贩在卖吃的。卖得最多的是葵花籽，一个用旧报纸做成的圆锥里面，装了一钱或两钱的瓜子，卖几分钱。电影票的价格自然比一小桶瓜子贵，所以，我们看不起电影，瓜子还是买得起的。瓜子之外，还有花生和水果，这些要比瓜子贵不少。夏天，还有一些可供观赏电影时吃的东西，水萝卜就是一种，农民将几个带樱子的水萝卜扎成一把卖。还有红心萝卜，一整个萝卜用刀切成几瓣。我五岁的时候，对电影的兴趣变大了，每次电影结束前几分钟电影院的两个门会提前打开，我会溜进去看几分钟。

离开涟水去读大学之前，电影院的电影多了起来，我记得最清楚的是电影院在外面的大喇叭里播放李谷一的《边疆的泉水清又纯》。

除了丁科，还有几个小女孩偶尔跟我玩。丁科家的隔壁，住着母女两个。这家姓徐，女儿叫徐海平，比我小两岁。她爸爸在上海工作，每年回来不了几回，我喜欢在她家里多待一会儿，因为她们家挂着几幅画，是平时见不到的，其实，就是现在国画里的山水画。其他人家也有画，除了主席像之外，就是年画，却没有古色古香的山水画。徐海平的性格和丁科不同，丁科是豪放的那种，徐海平则细腻，真有点上海人的味道，但她妈妈是我们涟水人，爸爸是连云港东海人。也许，徐海平名字中的"海"就来自东海。徐爸爸一年到头也就出现三两回，过年是肯定要从上海回来的。他的回来对我来说是一个节日，倒不是因为他会给大家带什么礼物，那年头普通人也买不起什么礼物送人。他的回来，给我打开了一扇通向更大世界的窗口。他会细声细气给我讲上海的事情，那才是真正的城里。徐爸爸的穿着比我们县城的人穿着要讲究得多，中山装笔挺，还穿着皮鞋。对了，有一回，他给他女儿徐海平带回了一个会跳舞的小姑娘，实际上就是被磁铁操控的塑料玩具。这个玩具让我难忘了好几年。又过了两年，徐海平多了一个妹妹，叫徐海忠。这个小姑娘比我们小太多，以至于后来我几乎想不起来。

徐家再过去几间房，是一个教师家庭，姓张。张老师的背有点驼，又不十分驼，他应该是我们这个宿舍区最有文化的了。事实上，左邻右舍如果有点和文化沾边的事，都会去咨询张老师。张老师的妻子是棉织厂的职工，我记得她的性格很豪放，生了两个女儿。大女儿小名叫小莉子，比我小两岁，身体弱弱的，总觉得她有点林黛玉的味道，走几步恨不得停下来喘口气。二女儿的性格有点像妈妈，小名小菊子，身体和她姐截然相反，下雨天能跟我们在外面疯跑。两姐妹还有一个弟弟。

最后一个要提的邻居跟我家一样姓李，其实李叔叔是我妈在无锡上学的同学。我家住在大宿舍的最西边，他们家住在大宿舍的最东边。他家有一个女儿是我妹妹的同学，她俩年纪一样大，叫李静。李静长得跟他爸似的，高高瘦瘦的个子，像个长颈鹿，脸上长了一对大眼睛。后来，我们两家一起搬到了厂区，住到隔壁了，李静她爸也成了棉织厂的领导。我没有和李静玩过，可能因为在大宿舍的时候她家住在另一头。李静后来成了高沟酒厂的当家品酒师，这家酒厂现在叫今世缘。

6. 我的外婆

　　每个孩子应该都有一个童年时最亲近的人，我并没有去做什么调查，这种感觉来自阅读。独立如鲁迅，他经常提起的是他母亲，还有，鲁迅这个笔名中的鲁字就是鲁迅母亲的姓氏。对我童年影响最大的是外婆，这有点像高尔基，我的外婆也很慈祥，尽管她比较内向，不像高尔基的外婆那样喜欢讲故事喜欢跳舞。

　　据我妈说，外婆五十多就到我家了，也就是说，她做了很大牺牲。直到我们长大，她才回到她自己的家乡，如皋白蒲镇姚家园。不过，在我六岁之前，她每年还是带着我回到姚家园一段时间，一年中总有一两次，每次时间长短不一，最多两个月左右吧。

后面我会写到我在姚家园的一些事情，当然只能模模糊糊地写，因为我的记事年纪最早是三岁，这些零星的记忆像一部胶片拍的老电影，不但影像模糊，中间还掉了很多片子，事实上，能够记得的，只是胶片中的一些零星的片段。我三岁时最深刻的记忆就是我外婆带我从涟水回如皋的路上的一些事情，特别是我们在扬州汽车站转车的时候。她一个人带着大包小包，我则是有时站着，有时坐在一个包上，默默地和外婆候车。想来我是一个特别乖的孩子，我不记得因为饿了或者渴了跟我外婆闹过，我甚至从来没有哭过。我外婆也是话不多的人，一路上，祖孙两人就是默默地坐车，默默地转车。

外婆的沉默从她一天做事的程序中可以看出。一大早，她起床散步。穿过我家后面的后园，走上由西向东的马路。这条马路很长，如果一直走下去，会走到十里开外的小李集，这是一个人民公社。再走二十里，就走到我父亲的家乡大东人民公社了。外婆不会走那么远，几里路是有的。那时的马路都是沙子和石子铺的，为了安全，她会走在路边，这是纯粹的土路了。马路两边并没有种任何高大的树种，我记得是灌木，还有可以做农田肥料的苕子。这条路我也走过，偶尔也和外婆一大早走过，我喜欢抓一把苕子的叶子，闻一闻，有一种臭味。外婆散步回来后，我们也慢慢开始起床了，她也开始做早饭了。等大家吃完饭，她收拾了厨房，会默默地做针线活。一天的劳作，在洗洗捞捞、做饭之外，她就做针线活，并不串门，也不和谁家老人聊天。后来，我外婆患了动脉硬化，就更加需要散步了，一边走一边甩手。慢慢地，这个病就不知不觉地不再发展了。

我外婆个子不高，皮肤白净，年轻时应该很好看。我大姨遗传了她的外貌，我一个姨姐一个姨妹也遗传了她脸型的上半截，另一个姨妹则遗传了我外公。尽管外婆在涟水生活了很长时间，但她的口音一直是如皋的，这种方言介于苏北话和吴语之间，叫江淮官话泰如片。我听得懂如皋话，也能说几句。

外婆一辈子梳一个发髻，在发髻上罩一个发兜。

外婆的衣服我记得经常有如皋特有的蓝印花布料，现在这种布料已经是一种时尚的民俗了，那时在我眼中却显得土。我也有蓝印花布做成的衣服，裤子比较多，印花样式基本是小碎花。旅行的时候，外婆带的包有些就是蓝印花布的。在白蒲，这些布料不必去公家开的商店买，很多私人家里还在织布、印染。蓝印花布在江浙一带也只有江苏的南通市和浙江的桐乡市有。

我妈是棉织厂的技术员，我爸是化肥厂的技术工人，后来大部分时间做车间主任。妈妈毕业于无锡轻工业学院，而我爸只是一个小学毕业生，尽管如此，他在自己的七个兄弟姐妹中，也是文化最高的了。他小学毕业后在瓦滩村劳动了几年，就参军了，甚至跨过了鸭绿江。他是一名坦克机械师，应该在部队除了技术之外，也补学了不少文化。不知道为什么，他们的部队在跨过鸭绿江不久就回国了。从我爸的年纪看，他们部队入朝时应该是抗美援朝快结束的时候了。说了半天，除了介绍我的父母外，我想说的是，他们两人在我童年时代都很忙，只能将我丢给我外婆来带。

等我长到六岁上学后，基本不需要外婆来照顾我了，我自己有了同学和邻居小朋友。不过，我妹妹比我小两岁，还需要外婆来带。同样，她也跟着外婆从涟水到如皋每年来回折腾。再后来，我弟弟出生了，他出生在我上学的前几个月。我弟弟是我父母的宝贝，这样，他去如皋的机会就不多了。

我的大号叫李淼，出生后就有这个大号的。在我们家，直到今天，大家都不叫我李淼，而叫我和子，和平的和。邻居和棉织厂的人，都叫我大和平。但"和子"中的"和"原意与和平无关，却是和尚的和。在我出生之前，有一个哥哥活了不到一岁就夭折了。我外婆将我带到如皋，为了我能平平安安地长大，就带我认了一个和尚做师父，我的小名也就成了和子。"子"是涟水人对孩子的称呼中常用的，比如我妹妹叫晶子，我弟弟叫三子。从我们的小名来看，我外婆和她的家乡在我们小时候的影响还是很大的。无论如何，我父母总不能公开地和同事说我外婆让我认了一个和尚做师父，因为这是封建迷信，因而邻居也好，棉织厂的人也好，都叫我大和平。对了，我外婆有时叫我"纳砍子"，这是如皋大人骂小孩的话，具体意义不清楚，但并无恶意。如果我调皮了，一般会享受到这个称呼。当然，我的调皮肯定是暗戳戳的，和后来我的弟弟不一样，他是公开地调皮，也会享受到"纳砍子"这个称呼。

除了带孩子和做针线活，外婆的日常工作就是洗洗捞捞。东北大宿舍有两个自来水，外婆经常用靠近我家那个自来水，自来水流满一地，还有一些菜皮什么的。因为我性格孤僻，她平时做什么我是不去关注的。等到她将菜洗好了，开始做饭了，我会时不时去看看饭熟了没有——我喜欢闻饭锅冒出的蒸汽味，实在太香了，闻起来也解馋。现在想起来，嘴里就生津了。大多数的菜也是外婆做的，我爸上班回来如果有时间，也会帮忙做一个菜。我爸的手艺似乎比外婆好一点，这一点不一定确切，因为他做菜少，也许我就觉得更好吃一点。

　　我没有来得及见我外婆最后一面。外婆走的时候，她已经回到如皋姚家园好多年了，而我在中国科学技术大学读研究生。得到她去世的消息，我请假赶到姚家园，还来得及在她的棺材前磕几个头。那个时候，如皋也恢复了佛教传统，我外公、大姨和姨夫请了几个和尚在家里做了法事。出殡的时候，路过的每一户人家都在门前供上了食品和花。

7. 我的外公

　　我和外公生活在一起的时间不长，也就是我跟外婆去如皋的时候。我必须单独用一节来写他，不是因为他给我的印象有多深刻，而是我认为，我的基因中有相当一部分来自他，无论是好的还是坏的。在如皋，人们称外公为嗲嗲。

　　我外公姓施，不是姚家园的主要姓氏，不过姓施的也不少。从一岁到六岁，每年我要在姚家园住一段时间，就是外公和大姨的家。既然大姨和外公住在一起，就可以想象我姨夫是入赘的，生的孩子都姓施。姨夫在入赘之前，有过一次婚姻，生了两个孩子，其中一个跟着姨夫来到我外公家。这位大哥哥大我不少，后来在连云港的一个连队当指导员，我那时还在上中学，竟然和两个中学同学搭着汽车到他的连队玩了一次。

外公的家是一个四面都有房子的院了，可见，作为农民，他算过得很不错的。从我的记忆中出现他开始，一直到他去世，二十多年间，他给我留下的形象竟然没有变过：大额头，较高的个子，嘴巴有点瘪——可能是牙齿掉了不少。头发贴着头皮剃得很短，皮肤偏暗，说话不悲不喜。我从来没有见他悲伤过，当然也没有见他高兴过。我的身形应该来自他，高而宽厚，我不记得李家这一边有这样的身形。

外公喜欢喝酒，特别是当地产的黄酒。早些时候，那里人家的黄酒都是自己酿的。我上高中之后，每逢他喝酒，一定要陪他喝的。每一次都在饭前开始喝酒，我姨妈或者姨姐姐姨妹妹烫好了黄酒，端上一碗白蒲姜丝肉，一碗白蒲茶干——其实就是小茶干，我外公和我大姨哥（不是大姨夫入赘带来的那位）一人一碗黄酒，就喝了起来。一般是大姨哥陪我外公说话，我就是喝酒而已。

大姨哥像我姨夫那样，继承了我外公的手艺：屠宰。当然，这里的屠宰指的是杀猪而已。外公不仅仅杀猪，也卖猪肉和猪下水。新中国成立前，他应该就是靠杀猪发家的，除了杀猪，他偶尔去上海跑跑码头，可见他既有见识也有胆量。等我记事时，还会在外公家里见到一些铜钱和银圆，我小时候戴的长生锁就是外公家的银圆打造的。我至今还记得脖子里挂着长生锁叮叮当当到处走的样子，后来长大了一点就不好意思再戴，长生锁也不知去向了。据我妈说，外公将不少银圆甚至还有金条，在20世纪60年代的运动里处理掉了。据说，外公在新中国成立前有不少土地。南通靠近长江，在渡江战役快打响的时候，他觉得这些土地不能保留了，麻溜地卖了。那些银圆和金条除了他平时卖猪肉所得，大概也有卖地所得。有一些金条被我外公外婆塞进竹筒里藏了起来，后来，相当一部分被他们遗忘了。

我姨妹妹告诉我，我外婆回到如皋生活以后，有一次烧草锅，几根劈柴扔进去，居然烧出了黄金。

直到我四五岁外公的身体还硬朗得很，记得有一两次，他挑着担子，扁担两端是两个箩筐，一个筐里坐着我，一个筐里坐着我妹妹。他挑着担子离开他的院子，走过那个小河上的木桥，再走不到两里路，就到了白蒲镇。在白蒲镇，不知道他做了什么，只记得和人家坐着抽了一顿水烟，喝了几碗黄酒。还有一件事，是我大姨哥说的，外公给我妹妹做鸡蛋吃，我和大姨哥就问晶子吃的是什么，外公说番瓜（即南瓜），然后就做了番瓜给我和大姨哥吃。估计类似的事发生了不少。

外公平时话不多，但他个人的人生经历以及他的额头，使我确定他很聪明。在读研究生之前，我的话也不多。现在则看场合，如果谈我喜欢的话题，我会滔滔不绝。这几年，我确诊了躁狂症。精力充沛说话滔滔不绝，是躁狂症发作时的特点。不过，很多时候我不想说话，特别是面对一些话不投机的人群，也许外公给我比较沉默的印象就是因为他那些场合不想说话。我妈喜欢说话，有强迫症，我想我的躁狂症来自她的基因，她的一些决定精神状态的基因来自我外公，我则将这些基因传递给了我女儿。躁狂症不一定就不好，很多天才就有这病。有一本书叫《天才向左，疯子向右》，里面写了不少患有躁郁症或者躁狂症的艺术家和科学家的案例。对了，能喝酒的基因应该是我妈这一边的，我爸爸喝一杯就会脸红。

外公没有正式读过书，但识字。年轻时，他认为读书无用，我大姨就没有读过书。也因此，我妈跟他结下了一辈子的怨：他不同意我妈读书。我妈坚持要读书，跟外公杠上了。她不但上了中学，还考上了无锡轻工业学院。等我记事时，我和外公以及他周围的人从来没有讨论过这件事。也许，他还继续认为读书无用呢。我现在的观点是，不读书是不行的，读很多书也不一定就行。毕竟，读了书就做人上人的时代早就过去了。反过来，如果外公也有躁狂症，也读过一定量的书，他就不会止步于做姚家园的一个较为富裕的人了，也许能成为一个有影响力的成功人士。

在去世前，我外公得了肝癌，外表上一点也看不出他得了不治之症，脸色也还红润但不再精神焕发。他不吭声，其实他那时是忍着疼痛的。他依然挺直身子，即使七十好几了，一点也看不出他个子变矮。我们依然在饭前开始喝酒，还是烫热了的黄酒，一碗白蒲姜丝肉，一碗白蒲茶干。在我那次姚家园之行的几个月后，他走了。

8. 一个呆子

五岁那年，我家从东北大宿舍搬到了棉织厂厂区。我已大致描述了棉织厂的外貌，现在，还要补充几句。棉织厂既然分成生活区和生产区，那么，就得有两个大门，一个大门是生活区的门，另一个门是生产区的门。生活区的门最重要，因为它通向整个厂区。这个门比较大，平时，门是开着的，似乎大家可以自由地出出进进，现如今各家单位的大门管理得越来越严格。

大门的边上有几个连起来的房间，第一个房间就是传达室，相当于现在门卫待着的地方。那时没有门卫或者保安的说法，在传达室工作的人叫传达员。传达员这个名字更合适，因为他的任务不仅仅是看着出出进进的人，还负责帮助职工收发信件。

我喜欢去传达室玩，和传达员很熟。那时的传达员，和现在的保安完全不同，传达员可以是男的也可以是女的，而且是厂里的正式职工。因为传达员的工作清闲，通常是身体不太好的人做这个工作。我记得，在很长一段时间里，传达员是一位年纪比较大的梁大妈，大约接近五十岁吧，比较胖，身体不算好。我家住东北大宿舍的时候，她家也住在那里。

关于我有一件轶事，全厂都知道。还是在东北大宿舍的时候，我会走路了，估摸也就是两岁左右。有一段时间我外婆在如皋，我父母都得上班，家里没有人照看我，我妈就找一根绳子系在我的腿上，绳子的另一端系在门上。半天下来，我不哭不闹，老老实实地自己玩。因为这件事，棉织厂工人有时叫我呆子。因为我呆，有时一些年轻的职工会跟我恶作剧，比如叫我爬那个大门。两扇门是铁做的，每扇门都用很大的钢管做成门框，门框中用铁丝网拉起来。我不觉得爬门有什么不好，就爬得不亦乐乎。这类事做多了，灯芯绒裤子很快磨出洞来，回家不免挨骂。我肯定还做过比爬门更加不堪的事，大家就叫我呆子。当然，大和平还是叫得最多，呆子叫了两年，等我上学了大家不再好意思这么叫我了。

搬到厂区后，我也会呆呆地玩，一个人就可以。在厂里的大门附近玩得最多，因为我可以去传达室，坐到长椅上，梁大妈有一搭没一搭地跟我说话。路过的工人进来拿信的时候，顺便说几句闲话，我不插嘴，只会呆呆地听。也因此，棉织厂发生的张家长李家短的事情被我听去了不少。

在大门附近，小伙伴们喜欢做各种游戏。比如跳格子，找一个破瓦破瓷片在地上画几个格子，在规则下谁最先从一头跳进去再从另一头跳出来，就算赢。上学之前，还会玩办家家游戏，这时必须有个女孩，她扮妈妈，一个男孩扮爸爸，也有扮孩子的。这是我们最天真烂漫的年纪，再大一些，男孩女孩就分开玩了。我不知道大家为什么喜欢在大门附近玩,是因为大人们经常路过这里,从而可以看到我们的显摆?也许是。玩够了,我要么回家,要么去传达室坐一会儿。

　　紧邻传达室,是医务室,这是照看全厂职工健康的地方。不论大病小病,职工首先来这个地方。如果是头疼发烧,这里的医生开药打针,基本就完事了,不需要再去县医院了。我一生很少看医生,童年时更加如此,却在去传达室之外,经常去医务室。医务室有两位医生,好像没有什么分工,什么活都干。开药发药,这是自然的事。如果需要,她们会给病人打针,甚至会帮助病人吊水。医务室隔出两间。里间是不让常人进去的,存放药和医疗器械什么的。外间有一张医生用来看病开药的桌子,还有一张靠里面的桌子,上面放着煮针管和针头的钢钵,里面总是咕嘟咕嘟地煮着针头和针管。可能我的呆名在外,在那里我是受欢迎的人,不论是医生还是病人,对我都很友好。

可能因为我呆，小时候没有吃过什么苦，我的意思是父母没有怎么打过我。等我长大了上学了脑子灵活了，我就不呆了，父母就开始时常教训我甚至惩罚我了。

可能因为我呆，小时候我没有生过什么病。我能记得的，是出疹子。那时还在东北大宿舍，白天怕光，晚上睡不着觉，跟大人哭喊着："眼睛疼啦，眼睛疼啦。"这是能记得的唯一的一次哭闹，我这么一个安静的孩子不停地哭喊，可见出疹子有多么痛苦。也许，我父母带我到厂里医务室看过这病，我隐隐约约地记得，我从头到脚被包了起来，从东北大宿舍到棉织厂医务室，一路被人抱着。

既然很健康，我说不出为什么喜欢去医务室。是因为带着酒精味道的空气吸引我，还是喜欢看不同人被扎针的表情？有的龇牙咧嘴，有的一脸不在乎，有的看着针管，有的扭过头去。我也打过几次针，都是为了防疫。我甚至在医务室做过一次手术。上初中时，我的左腿腘窝（大腿和小腿连接处的后面）上生了一个很大的疮。我以为疮嘛它自己成熟了会化脓，然后会慢慢好的，我又不是第一次长疮。过了很长时间，它还是摸着硬硬的，顽固不化。我妈和我去医务室问医生该怎么办，男医生说这疮是不会化脓的，必须动刀子。于是他给我打了麻药，用手术刀一刀扎下去，挤出来了很多很多液体，做完之后下了捻子，再缝起来。那捻子很长很长，我才知道这疮长得有多深。至今，那个疮疤还能看到。

关于大门口附近，还有什么事值得写呢？对了，生活区的大门通过一条马路直达生产区的大门，总有一百多米吧。这条马路的北边是全厂唯一的篮球场，这里必然是小朋友们喜欢来的地方。灯光球场过去就是大食堂。连接两个大门的马路边植满了法国梧桐，又叫悬铃木，因为树上会长出一些毛茸茸的球球。我的记忆中，厂里并没有种植任何花草，所以悬铃木的球球是我采集的对象。这种球球唯一的功用是拿来砸别的小朋友。

现在回想起来，从出生一直到小学结束前，我都看上去"呆公呆公的"（涟水土话），也就是说十二岁前我是一个外表不敏感、说话不多，同时也没有什么特长的人。别人说我呆，也许是一种善意的说法，如同我们现在看一个孩子"呆萌呆萌"的意思。

我不知道这是为什么，毕竟后来我外表上看起来越来越灵活，爱好越来越多，到了成年之后甚至有点话痨。是大脑发育比平常孩子慢，还是虽然不学习外部知识却有内秀？我自己没有答案。也或许，一个人的成长所达到的高度，有一个天花板。成长得太早了，没有达到天花板之前成长的力量反而枯竭了，类似王安石笔下的方仲永？直到现在，我还在学习，基本都是科学之外的知识，我没有感到我学习的欲望在衰退。

9. 一个呆子在如皋

有人说自己六岁才记事，有人说自己七岁的时候才开始记事。如前所述，我是三岁开始记事的，但是不成片段。

我出疹子的时间也许比三岁还要早些，我有关于出疹子的模糊记忆。再后来，我能清晰地记得的最早有点片段的事情，是三岁随外婆去如皋。她老人家背着和挎着大大小小的用蓝花布做的包裹，我懵懂地跟着她坐汽车，跟着她在扬州转车，然后莫名其妙地就到了外公的四合院。

如果说涟水对我来说是一个养分不够充足却比较自由的土壤，那么如皋姚家园就是水分和肥料相对丰富的花园。姚家园是一个村，那个时候叫大队，从各方面看都比涟水的任何一个村要富裕。富在什么地方呢？首先涟水的土地本身就贫瘠，比方说瓦滩村的地大多是盐碱地，这是很多很多年前大海留下的痕迹。如皋虽说不是江南，却类似江南。那里的水域比涟水更多，这样鱼类养殖也好，水草养殖也好，都比涟水的条件好。

如皋的水多，水稻就比麦子种得多。田里采回来直接可以吃的东西也有很多不同的选择。外公四合院周围的自留地里种了萝卜和苤蓝，根茎都很好吃，大姨的儿子网哥哥会拔一些给我。离家更远的地方，有蚕豆。蚕豆在收获之前又绿又嫩，可以生吃。有一次我吃蚕豆吃得太多了，肚子胀得不得了，回家后被网哥哥和燕子姐姐嘲笑。对了，我大姨一共生了四个孩子，按照年龄排序是：网哥哥，燕姐姐，飞妹妹，凤妹妹。这四个孩子年龄相差不大，最大的网哥哥比我大四岁，最小的凤妹妹比我小四岁。

大姨的四个孩子的名字各有来历，并不是没有文化的农民随便取的。就说网哥哥，儿童到少年时代他的大号叫钱留网，既不随我大姨姓施，也不随我姨大姓陈。找大姨年轻时人长得漂亮，也很能干，是家里最得宠的。她的第一个孩子必须保住，因此出生的时候专门在下面放了一张网，接生婆等孩子一出生就让他给下面的网兜住。这么做的意思是孩子小时候不会出事，为了加强这个效果，还跟了别人的姓，叫钱留网。当然，后来他改姓施了，因为他继承了我外公的手艺。现在，他真的活成了我外公，喜欢喝黄酒，个子和脸型跟我外公差不多，就是话比外公多。

姚家园的农民在田里劳动的时间比涟水的农民劳动的时间要长得多，这可能和那里种植的品种比较多有关。妇女们在田里劳动的时候，通常戴着蓝花布做的方巾或帽子，扎着蓝花布做的围裙。

姚家园有一个圆形的大池塘，那里有多种水草和莲花，不消说也有很多鱼。大人们通常不让我一个人去，网哥哥那时候已经懂事了，我会跟着他去。

有一回，我还是掉进去了，差点淹死，把外婆吓得够呛，毕竟她是照看我的第一责任人。这种事故后来在我弟弟身上又发生了一回。改革开放的二十多年后，我刚刚回国不久，又去了那个池塘，它的外貌几乎没有变化，边上还是打谷场，外面还是那个围墙，只是那个巨大的碾子不见了。最大的变化是，池塘被一家亲戚承包了，我们坐着承包的人的一条小船，划进去玩了一会儿。他同时拥有自己的一个小型加工厂，紧挨着池塘，专门加工各种各样螺丝和螺丝帽。

除了那个大池塘，我外公家附近还有一个小池塘，长方形的。想来这个池塘不太深，又或离家太近了，我倒是可以一个人常去玩。塘水里泡着一些木头（做家具之前的操作），我会站到那些木头上傻傻地看着水面，并不去动手揪水草或者捉鱼。

有两件事，我终身难以忘怀，或者说刻在了我的大脑回路里。

第一件，我掉进了一个大粪坑，差点淹死。那时，全国都一样，农村有巨大的圆形的粪坑，这种粪坑是用来发酵从不同的地方挑来的人粪尿的。那一天找应该是玩疯了，跟着一群孩子追逐着玩。追逐到圆粪坑边上，为了省一点路，我在边缘跨了一下，计算错误，前脚没有跨过去，整个人就掉进去了。不知道是谁将我捞起来的，一身臭味回了家，这次我外婆更加惊吓得不得了。万一出事，她怎么对我妈交代？

第二件，发生在大概同一年。大姨的最小孩子凤妹妹一岁左右，躺在窝篮里——一种竹子编织的婴儿摇篮。我仿佛大人一样摇晃着窝篮，企图哄她睡觉。不知道为什么，窝篮和旁边的一个凳子猛烈地撞击了一下，我的右手手指被两件东西夹紧了，中指的指甲完全脱落了。我外婆用了不知道是什么——大概率就是盐水，清洗了我的手指，然后包扎起来。应该是包扎得非常不专业，我右手中指的指甲至今还是畸形的。

出了姚家园，有一条小河，河上有一个拱形木桥叫施家桥。河不宽，桥也不长，对我一个儿童来说，河很宽，桥也很长，且很高。村民们在桥上来来往往，有的挑着担子，有的拎着篮子，就是没有拉着车子的。在涟水常见的平板车和独轮车，在如皋几乎见不到。夏天，夜幕下垂之后，就会从河里飞出一批又一批的萤火虫，比我的老家涟水要多得多。网哥哥会拿一个瓶子将捉来的萤火虫当煤油灯用，当然光亮要弱得多。现在，木头做的施家桥早已改成混凝土的桥，名字依旧是施家桥。挑着担子拎着篮子的人也已经变成骑着电瓶车开着小汽车的人。

将姚家园等村子和白蒲镇隔开的是一条真正的宽河，桥也是真的比较长的桥。这条河是通扬运河，向南经过南通流入长江。过了通扬运河，就是白蒲镇的第一条街。镇子是长方形的，逢赶集的时候也是人挤人。卖的东西除了粮食水果蔬菜和各种自己织的布，就是白蒲的特产：黄酒、白蒲茶干和铜做的水烟袋。读大学时，我还特意在白蒲镇买了两个水烟袋，为了精良的做工。后来它们去了哪里？不记得了。

　　永远挥之不去的是那些航行在通扬运河里的船所发出的汽笛声。有时在外公的四合院里听到了汽笛，想跑到那里看船，并且想乘船一直驶进从来没有去过的长江。儿童的幻想总是那样简单而迷人。有一次，我真的央求网哥哥带我在夜色里走到了通扬运河边上，看到了船，也看到了河边一闪一闪的萤火虫。我想，长江里是不是有更多的船？江边是不是有更多的萤火虫？

10. 我上学了

上学的那一天我记得十分清楚。

那天早上，我还躺在床上，不知因为什么和父母闹了点别扭。我记得爸爸在窗外对我说，前头汪姐姐已经来了，你再不起床，就不要上学了。汪姐姐是我一个好朋友汪华平的姐姐，已经在涟城镇向阳小学读五年级了。那时我还有一个月才满六周岁，很明显，是不可能一个人去向阳小学的。为了不错过上学的机会，我只好麻溜地爬起来，背起自己的书包，和汪华平一起跟着扎着大辫子的汪姐姐上学去了。

现在回过头去，我试图回忆我到底背的是什么书包，是军挎包，还是蓝布做的书包？一点也想不起来了。两者都有可能，但我想蓝印花布做的书包的可能性更大。我小时候一直是外婆带大的，直到上了学，甚至上了中学，我外婆也一直住在我家，帮助我家操持家务。我外婆的老家是江苏省如皋县白蒲镇姚家园，每家每户都会印染蓝印花布，我小时候穿的衣服也没少这种布料。小学时，蓝花布书包和军挎包我都背过，中学就只背军挎包了。

一个六岁的孩子，记忆似乎是选择性的。我明明白白记得上学前闹了点情绪，却一点也记不起上学当天还发生了什么，比如，我是怎么走进教室的？老师的第一课到底教了什么？靠回忆，我只能说明如下几点。那时，涟城镇有五所小学，一所就是我上的向阳小学，还有一所叫涟城实验小学，地位要比向阳小学高不少，另外三所分别叫红旗小学、育红小学和军民小学，规模都要小一点。涟城镇从那时至今一直是涟水县县城所在地，可以说，我是在小县城长大的，直到十六岁上大学，我都没有离开涟城。那时的涟城不很大，是一个由北向南的城区，东西方向很窄。我家在涟水县棉织厂，位置偏北。从北到南，涟水只有一条大马路，棉织厂在马路的西边。出了厂门，大约二十米就是马路了。我上的向阳小学，位置在县城的中段，那条大马路的东边。我上学的路径是这样的：出了棉织厂厂门上了马路，一直向南走，过一座小桥，继续向南走，然后过一座大桥（我们叫大闸口）立刻向东拐，再走几百米，就到了向阳小学。

学校前后有六排房子，基本都是教室。每一排又分成两座房子，每一座有三个教室，和现在的小学规模比起来，当然要小得多。中间有一座是老师的办公室，想来，我不算好学生，也不算坏学生，基本上不去老师的办公室。当然，后面我要提到，我终于还是去了两次。

第三排房子之后，是一个比较空阔的地方，我在这里学会了骑自行车。记不得是几年级了，我将家里的唯一一辆自行车，永久牌的，推到了学校。那时个子远远没有长足，因此无法坐在车座上骑，而是将一只腿伸过自行车大杠的下方踩在右边的脚踏上面，我们叫"掏大杠"。一位同学兼好友在自行车后面帮我扶着后座。这样，一来二去，他就松手了，我也就可以单独骑出去了。

前面提到，从家里到学校的路上，要经过一个叫大闸口的桥，这个桥后来在我的记忆中占据了不小的空间。每次上学，特别是放学，我总要在桥的扶栏边上站上一会儿，低头看着湍急的水从闸的西边流向东边，因为落差实在不小，水发出哗哗的声音。河并不很宽，只有二十多米到三十米——往后等我再长大几岁，我会经常横渡这条河。河两岸有一些并不连绵的芦苇，这些芦苇中藏着一些小鱼。

我从一年级到五年级毕业，放学几乎都是一个人回家的，就是因为大闸口的吸引力，我想一个人呆呆地看着。大闸口的上游没有什么好看的，因为水比较平缓，两边的岸是水泥做的垂直的堤，估计得有好几米深。大闸口的下游，也就是向着学校的这一边就要好玩得多。首先，岸不是垂直的，而是石头和水泥混合做的大约不到四十度的斜坡。可以慢慢走下去，一直走到水边。这时候，就能看到小鱼儿。水面上成群结队的是长长的灵活的白条鱼，在我们那里叫"餐子"，或者叫"餐苗子"。要抓到这种鱼完全出乎我的能力范围，第一，游速太快了，即使在你身边，你也休想抓到它们；第二，它们多数时间停留在水面上，以我后来的钓鱼水平，难以想象怎么钓到它们。

但那条河里另一种常见的鱼就经常成为我的俘虏了。这是一种只有我的手指那么长的鱼，经常趴在水底的泥上不动，我们管它们叫"肉泥狗子"，头比较大，身子从头到尾由粗变细。至今，我也不知道肉泥狗子的学名是什么。反正，它们成为我放学之后玩耍的对象。可能，除了那时比较孤僻的性格之外，一个人抓肉泥狗子是我经常单独回家的原因。要抓它们很容易，因为它们比较呆，手贴着水底慢慢靠近一条肉泥狗子，就可以抓到它。当然，为了实验的乐趣，有时我也会随便找一根芦苇秆子作为钓竿，用一小节蚯蚓去钓它们。

11. 水 的 缘 分

我喜欢水，也害怕水。

住在东北大宿舍的时候，离我家最近的水就是宿舍后园边上的水沟。那时我小，不敢走到水最深的地方，不知道它有多深。这条水沟有百米长，三四米宽，有清澈的地方，也有不那么清澈的地方。清澈的地方，可以看见水底，平缓的沙泥，几条小鱼在上面晃悠，在沙泥上投下晃动的身影。水沟边上，长了芦苇，高高低低的。有比较大的鱼在芦苇根部附近，有时可以直接看到；看不到的时候通过被它们撞击之后的芦苇晃动，可以判断它们就在那里。

在合适的季节，水边更多的是青蛙。这些青蛙

大闸口的下游，也就是向着学校的这一边就要好玩得多。首先，岸不是垂直的，而是石头和水泥混合做的大约不到四十度的斜坡。可以慢慢走下去，一直走到水边。

伏在岸边，有时默不作声，有时呱呱叫着。人来的时候，它们十分警觉，很快跳进水里。我喜欢它们的颜色，尤其是那种纯绿色的。有时候，也会直接看到游泳的青蛙和伏在水草和荷叶上的青蛙。春天一场雨过后，就会看到青蛙下的串串的籽，不久就会有很多黑色的蝌蚪在水里成群地如同墨水一样地游动。自然，夏天的夜晚，我最喜欢的就是蛙鸣了。偶然，也会有一只纺织娘的叫声掺进来。这时，我就竖起耳朵寻找纺织娘叫声的方向，悄悄地走过去，企图抓住它。当然，没有一次能够成功，有时都在树丛里看见绿油油的纺织娘了，还是让它给跑了。

　　我做过现在看起来比较残忍的事，就是抓青蛙。抓青蛙并不难。找几只虫子，随便什么虫子都行，将虫子系在一根结实的线上。再将线的另一头绑在一根树枝上，这就有了钓青蛙的工具。拿着这工具悄悄地走近青蛙，将虫子在青蛙脑袋上晃悠，青蛙很快就咬住了虫子，收回线摘下青蛙放进篓子里去。这样钓青蛙，一会儿工夫可以钓到很多。我不敢杀青蛙，可是大人敢，这些青蛙就成了盘中餐。

还有一种抓青蛙的方法，我跟着别人见识过，就是晚上拿着手电照青蛙。青蛙被突如其来的灯光照得一动也不动，就很容易抓了。后来我知道，在漆黑的夜里，青蛙的视网膜是放大的，一股强光照过来，它们会暂时失明，惊吓之下就不敢乱动了。

我家附近的水沟里尽管有鱼，但我不记得有谁在里面垂钓过，我更加没有。也许，因为水过于清澈，钓鱼难度太大。那个年代，也没有谁会想到利用这些资源养鱼。前面说过，这条水沟上面就是一条东西走向的马路。过了马路是什么呢？是涟水的唯一一个化工厂——东方红化工厂。在进入化工厂之前，有几个水池，面积相当大。开头几年，化工厂生产的产品不会产生需要向外排放的废弃物，那几个水池就没有被污染。这些水池里不仅有青蛙，还有很多鱼。奇怪的是，也没有人垂钓。

有两回，一些农民拿来抽水机，哗哗哗地一顿抽，将一个水池几乎抽干。他们兴高采烈地下到水池里，将大大小小的鱼扔到岸边。这个场景实在太好玩太刺激了，岸上的人大呼小叫。后来，再也没有见过这样的场景。现在，我可以推理出为什么没有人钓鱼了，这些池塘是属于公社的。平时，并没有人专门养鱼，那些鱼是自然生长的。

棉织厂墙外是一片裸露的土地，在这片土地和南北大路之间也有很多水沟，其宽度没有我家附近的水沟宽，却足以成为鱼虾青蛙和水草的乐园。不知道为什么，我很少被这些水沟所吸引。可能因为它们不太干净，太靠近马路了，免不了被扔进乱七八糟的东西。也可能路上行人太多，在那些水沟边上玩有点过于暴露。

涟水这个县名里面有水，因此这里不缺水。和江南比，水还不够多，和其他地方比，水又比较多。在小小的涟水城，就有三条河，和一个分成若干板块的湖。

三条河中最小的，离我家最近，出厂门向南三百米左右就是它。这条河里鱼不少，早些时候有渔民来打鱼，由于河小，不几年渔民就不来了，想来剩下的鱼不多了。沿着这条河向东走，有一个用水泥管做成的"桥"。其实它不能看成桥，只能供农民单人过河而已。这里我常来，水泥管不粗，小心注意一点，也能走过去。旱季，水从它的下方流过；雨季，水会漫过它。水泥管附近的河岸长满了芦苇，这条河如果有鱼，那么芦苇中必定有鱼。我下水抓过鱼，这些鲫鱼啊什么的实在太难搞定，边都没有碰到就跑了。后来，我明白为什么简单用手去抓鱼是个傻主意了。鲫鱼也好，鲤鱼也罢，最高游泳速度可达每秒一米，我跑步也追不上啊。

在这水泥管桥附近，有一个小小的池塘。说是小小，对我这个小孩来说，是很大的了。绕湖一周，经常看到别人为了钓鱼下的食，我们叫鱼窝。湖里长着菱角，更多的是鸡头菱角，大大的圆形叶子浮在水面上。我们有时去采鸡头菱角，却因外面长满了刺而伤了手，得不偿失。在这个湖里我学到了一辈子的教训：我做事缺乏耐心。每一回约别人来钓鱼，我只能钓到几条小鱼，因为我看到鱼浮子动就急忙去甩钓竿。对了，钓竿和钩子以及做钓鱼线的尼龙线都是在县里的集市上买的。作为鱼饵的蚯蚓是在自家门前挖的。挖蚯蚓有个简单的法子，在家门口经常倒垃圾的地方倒一点米汤什么的，过一两天就可以挖出蚯蚓了。

三条河中第二大的，就是我常提到的大闸口那条河。这条河的正式名称是涟东灌溉总渠，后来才知道是盐河的支流。从大闸口向东走，就是我们学校向阳小学。男生小时候开窍得比较晚，除了最后两年，我在班里学了什么都不记得了。孩子们都无法控制自己，好多课本都用得破破烂烂，还有从中间断成两截的。课间时间，是无法跑到河边玩的。放学以后，部分人回家，部分人跑到河边玩，部分人和值日生留在教室玩游戏。我是属于那种不是跑到河边玩，就是走到大闸口再去河边玩的。三个字，喜欢水。

大闸口西边的水位比较高，河水来自盐河。在这一边，经常有水上人家的船停靠。这些人常年在船上生活，主要做运输，也有专门打鱼的。我们也会看到渔民摇着小船，小船上站几只鱼鹰。渔民用竹篙挑着鱼鹰放它们入水，一会儿工夫，鱼鹰就衔着鱼冒出水面。它们的脖子被绳子扎了起来，大一点的鱼根本吞不下去。渔民用竹篙将它们挑回船上，拿下大鱼，塞几条小鱼喂鱼鹰，然后鱼鹰接着干活。现在看不到鱼鹰捉鱼了，鱼鹰大鱼小鱼都捉，破坏生态。

最大的河在最南边，也就是废黄河。涟水县中学就在河北边。在学校和废黄河之间有一条马路和一片农田。田南边有一个长长高高的土堆，我们叫黄河大堆或南门大堆，想来是早年间预备黄河泛滥用的。从来没有听说过黄河淹过涟水，黄河到了这里水势不会太大了。自从黄河再次改道之后，这里就更加不会有水灾了。

废黄河的南边是另一个县，淮安，住民的口音也完全不同。连接两个县有一座大桥，我常在大桥下游泳。废黄河尽管很宽，也比较深，却从来没有见过渔民在这里打鱼。在废黄河的大桥下，我第一次观察到湍流，湍流这个很学术的名词是至少十年后才知道的。水流过大桥的桥墩，在后面形成很多漩涡，这些漩涡出现又消失，在一群漩涡的尾巴上，就是所谓的湍流了。学会游泳之后，每次在废黄河游泳，至少两个来回，一个来回大约有一百多米。

最后我要谈一谈五岛公园，这是当时县里唯一的一个公园，也是涟水县最美丽的区域。这片湖区的面积很大，具体来说有六十多万平方米。波澜之中安静地躺着大大小小的五个岛，各具特色。中间那个岛最大，有很大的花房，这里是给我最初美学教育的地方。进得花房，有一排排盆景和花卉。花卉自然美丽，更引人注目的还是那些盆景，千姿百态。盆景中的怪而美的植物固然有吸引力，更加吸引我的是那些陶瓷盆。那些陶瓷盆有圆形的，有腰形的，有方形的，有六角形的，有浅的，有深的，不一而足。在此之前，我只见过瓦缸瓦盆和饭碗，它们哪有这么多的不同形态。更加令人感叹的是，花盆外边还绘有各种画，这些画是在新华书店买不到的，因为很多是古代人物，以及国画山水。

中心岛上有一个图书馆，除了文化宫之外，这是涟水最大的图书馆了，我在这里办了一个借书证。图书馆的阅览室里面有各种报纸和画报，尤其是画报，平时是看不到的，不是买不到，而是买不起。图书馆和花房之间的空地上，有几株蜡梅。临近春节的时候，这些小小黄黄的花朵就开了。看没人，我会偷偷地折一枝带回家去，那几天家里就能闻到好闻的香气。我知道这样做不对，还是忍不住做了。

另外几个岛没有房子，都是各种植物和花卉。既然来了，当然各个岛都会去一趟，沿着湖边慢慢地走，慢慢地看波浪拍打着石头和水泥的湖岸，看垂柳轻拂着湖水。这些比颐和园更加自然的景色，让人不觉得身处公园。那时几乎没有水鸟，不时地会看到鱼跃出水面。这里禁止钓鱼捕鱼，也没有租给游人的船，水干净但并不清澈。每年，这里出产的鲤鱼和鲢鱼会出现在市场上，鲢鱼非常大，甚至有现在千岛湖出产的鲢鱼那么大。在五岛湖（这个名字是后来才有的）的最西最北边，据说湖水最深，传说湖里有一个泉眼，一直通到东海。是真是假，现在也无法考证。

五岛湖的西南边，有一个很大的居民群落。最北边的房子都临湖而建，这是我最羡慕的一些人家。我猜，尽管五岛公园不让垂钓，但他们是可以钓鱼的吧？即使不让钓鱼，夜里谁能管得了他们？

涟水县城里主要的水域我写完了。幸好，北京现在也有很多水，不然我会回到涟水养老。

12. 作 文 课

　　小学时代是一个懵懂的时代，几乎什么也没有学进去，好像什么也都学进去了。什么也没有学进去是因为我完全忘记了我都写过什么，什么都学进去了是因为进入中学之后我的文学水平是所有科目中最好的。

　　我们应该很早就学写作文了。能够清晰地记得作文的第一次，我抄袭了一位同学的作文。她是渔家姑娘，比我大一些，同时又成长得快一点。我抄了她的作文之后，也只是改了一下里面的人物的名字，然后在结尾处多加了一句，无非是"我度过了很有意义的一天"之类的套话。

　　从小学到中学，每到适当的季节，我们毫无例外地要去支农，夏天收麦子，秋天收稻子，春天还插过秧。所有这些，都被我们写进了作文里。我在水里抓鱼的事，当然不会写进去，写进去了一定会被语文老师批评。现如今，高考作文的字数一般是八百字，我敢打赌我们小学写的作文不会超过五百字。好人好事有，都是十分简单的。收麦子，拿着一把磨得不算太快的镰刀，大家排成一行，很快农村的同学"嗖嗖"地就割到前面去了。我总不能写：镰刀不够快，我又怕累，因此每次都落后成了最后几名。收稻子要稍微好一些，稻子不像麦子的麦芒那样刺人。插秧就好玩了，大家伙儿去秧苗地等着农民将秧苗成块地挖出来，我们拿到田里去插。不一会儿，总有人，包括我自己，腿上就叮了一只蚂蟥。赶紧一巴掌拍下来扔掉。否则，有人说，蚂蟥会钻进身体，想一下也很恐怖。

模仿鲁迅的《一件小事》，谁都写过同名的作文，半个多世纪都是如此。我的一件小事应该是帮助人家推平车（即板车）。前面说过的两条河上的桥都有坡度，很多拉平车的人过桥都很吃力。通常，平车上不是装满砖块，就是装满粮食什么的。看到了就搭把手，也不算什么。很多同学的一件小事不见得是真的，这个没办法，孩子能做得了什么事呢？玩都玩不过来。上中学后，看到手扶拖拉机就跳到车厢沿上坐一段路，这种事大家都做过也都互相知道，是不会写进作文里去的。

1973年，出现了黄帅反潮流的事。事情并不激烈，无非是黄帅对老师的体罚不满写了日记，后来给《北京日报》寄了一封信。那一年，大字报还没有完全绝迹，于是在黄帅的鼓舞之下，我写了一张大字报贴到向阳小学去了。这算我一篇公开的作文。

事情是这样的。我的一位同学送了一个玩具给我，具体玩具我记不准确了，不是竹筒枪就是火柴枪。假设是竹筒枪，我自己去做一个是不可能的。它是一个有竹节的竹筒，前面开了一个小孔，后来加上一个活塞。在竹筒里装了水，推动后面的活塞，水就从前面的小孔喷出来，喷得又直又远。一次上课，我将竹筒枪塞到课桌下面，被我们女班主任江老师看到了，于是她将我的玩具没收了。玩具被没收了是常见的事，我并不在乎。过了一阵子，班主任没有将玩具还给我。我有点急了，平时很少去教师办公室，这一次我悄悄地去了。我看到办公室没有人，找到班主任的办公桌，左找右找就是找不到我的玩具。我拉上一位同学，找来毛笔和大纸，写了一张大字报。

这件事轰动了全校，班主任江老师只好来到我家，跟家长沟通。她管我爸叫三爷，管我妈叫三奶，本来就是亲戚，这我也知道，班主任是比我晚一辈的远房亲戚，来自农村。但我的班主任看上去不像来自农村，穿着还挺洋气，人也好看。至今我还记得，她脸上的线条很硬朗，鼻子蛮高，属于那种比较酷的美女。我必须承认，尽管她比我低一辈，但我倾慕她。倾慕一个比自己大很多的人，是几乎每个男孩子都有过的事情吧。后来，这件事就不了了之了，我也参加了向阳小学的宣传队，这事后面再讲。

进入中学，文学成了我最大的爱好。小学没有结束，我开始喜爱小说。到了初中，红色小说几乎被我读完了，无论是五岛公园图书馆还是涟水中学图书馆，都是我借书的地方。偶尔，我也会在新华书店买一两本小说。到了高中，我又喜欢上古典诗词，甚至自己写上了旧体诗词。我不记得我的作文写得如何好，毕竟写"记叙文"是一件考验耐力的事情。上初二的时候，我在初二（4）班，非常喜欢隔壁初二（3）班的语文课。自然，没有可能跟（3）班上课，但是他们的班主任兼语文老师特别棒。他用普通话讲课、朗读课文的时候，语调时高时低，高的时候估计整排教室都能听到，低的时候我要费力去听才能听到片言只语。我想，语文朗诵必须这样。那位老师即使平时说话也是这个风格。

且不论我的作文好还是不好吧，到了高中我是会背诵唐宋八大家的一些文章的，我能写点文言也就很自然了。

13. 金鱼

忘记初一还是初二，发生了一件事，这件事催生了我的一个爱好，一直延续到今天。

在涟城镇东西主干道的北边，有一大片居民区，向北一直延续到五岛公园南边那条路，从南北主路向西延续一公里。这一片人家，总有好几百户。住在这里的人家要比工厂的工人住房面积宽裕多了，每家至少有两间房甚至多间房。在这里，有一户人家，独占一个院子，我并不认识。一次，一位住在这片区域的同学带我去这家人家玩，说他家有金鱼，好看。我那时除了鲫鱼、鲤鱼等可以吃的鱼，哪里见过金鱼，去之前一点心理准备都没有。等我们进了人家的院子，我一下子看傻眼了。

在一些开花的树边，放着一排敞口水缸，水缸的口径总有一米开外。走到缸边，伸头看去，一条条金鱼在清澈的水中缓缓游动。缸的四周和底部，长满了深绿的青苔，红的鱼、白的鱼、黑的鱼、花的鱼，在青苔的衬托之下成了一个个游动的宝石。我记得他家将同品种的金鱼放在同一个缸里，一共有多少品种记不得了。印象深刻的有珍珠、龙睛和望天龙。看到这些做梦也想不到的金鱼，是我一辈子中最为震撼的经验之一。

从那以后我心心念念总会想起那些金鱼，总想着有机会一定弄几条自己来养，甚至做过很多回梦，梦见又去了那个院子，还梦到其他类似的院子，主人愿意卖金鱼。当然，那个人家的金鱼是绝不卖的，这样，过了一年，我没有弄来一条金鱼。

我跟我妈说我喜欢金鱼，我希望弄几条来养养。大概，她有意无意地将我的梦想跟她的同事说了。突然有一天，她们生产组的一位年轻的女同事，左阳珍，给我带来了两条金鱼！她是从她家所在的淮阴（今淮安）弄来的，来源她并没有说。这是两条长达约十厘米的五花金鱼，颜色特别，但体形一般，应该就是今天的草金鱼的体形。很快，我弄来了一个浅瓦缸，口径也就五十厘米左右，将鱼养在里面。家里的空间比较紧张，这个瓦缸就被我放在后门边上。我知道，除了我的一个朋友，我的年纪是那一排宿舍的孩子中最大的，不会有人敢偷我的金鱼。

人的审美能力是天生的，我喜欢这对金鱼的颜色，却觉得它们的外形实在一般，没有那次我在别人家的院子里看到的金鱼亮眼。现在想来，这是因为它们的外形就是草金鱼，和普通鲫鱼相差不大。我们见得太多的东西，就觉得不是那么好看。就像人类一样，多数人我们不觉得漂亮或者帅气，漂亮的女生总是罕见的。反正，我觉得那家几缸金鱼是大美人，我这对五花金鱼是穿了漂亮衣服的普通姑娘。

又过了一段时间，我用一件救生衣跟别人换来了一只墨龙睛。因为是龙睛，这一次我觉得这只身体不长的龙睛终于是一位美丽的姑娘。可是我妈不认同我的观点，她认为那件救生衣的价值远远大于这条金鱼的价值，因此我被她骂了几回，也许被她罚跪了一回。用墨龙睛跟我换救生衣的是我同班同学，他爸是人武部的政委，姓黄。鱼多了，那个浅瓦缸被一只深瓦缸取代了。

有了金鱼，就得维持它们的生命。开始的时候，我用米饭和撕碎的馒头喂它们，效果很不理想，它们基本不吃，而且水被这些食物弄浑了。后来，我听说用红线虫或者孑孓喂它们，又有营养金鱼又爱吃，于是我开始寻找这些昆虫幼虫的踪迹。首先，我在上学天天经过的一座桥的下面发现了红线虫。这座桥位于南北主路上，在棉织厂到大闸口中间。桥下的两边都有一个池子，池子里面是死水，光线很暗。仔细看下去，就会发现几团纠缠在一起的红线虫。果然，将红线虫用清水洗了，那几条金鱼很爱吃。我是天生的审美主义者，还从河里捞了一些水草放进金鱼缸里。

棉织厂南北两边都有单位，北边是供电局，南边是糖盐烟酒公司。糖盐烟酒公司里面有很多大缸小缸，这些瓦缸用来装咸菜酱油什么的。平时，不知道为什么有很多瓦缸空着，我说"空着"的意思是里面没有任何产品。于是，下雨天就有很多雨水积在里面，到了夏天蚊虫在里面产卵，就会出现很多孑孓，蚊子的幼虫。这些孑孓不停地在水里上下翻飞，用网兜一捞，就会捞出不少。孑孓也是金鱼喜欢吃的。其实，更远一点的土产公司里的瓦缸更多，我也会稍微走远一点去那里捞孑孓。每次捞孑孓，总被花蚊子咬很多包。

这样，我的几条小金鱼终于有了它们喜欢的食物，瓦缸里的水也不用天天换了。不知道为什么，它们长得很慢，也许和瓦缸过小有关？又或者，尽管用这些美食喂它们，由于我要上学，这些美食捞得不够多？和长速缓慢相关，我那条墨龙睛的颜色也在变淡。

不记得这些金鱼在我手里活了多久，不算很短，似乎也不算很长。有一次，我妈出差从南京回来，跟我说，她看了一次金鱼展，那些金鱼实在是太美了，个头也非常大。从我告别我的小金鱼一直到我后来从美国回国，我都没有见过真正的好金鱼。

多年后，我从美国回到北京工作。那是2001年，我在当代商城买了一个带过滤系统的鱼缸。这个相当现代化的鱼缸的第一批居民是一对草金鱼，我从超市买回来的，其中一条活了十一年。鱼缸的第二批居民是孔雀鱼，第三批居民是神仙鱼，第四批居民是七彩神仙鱼。孔雀鱼是被我淘汰的，神仙鱼和七彩神仙鱼是我没有养好登仙了。最后，我开始养金鱼，不是普通的金鱼，而是金鱼之王兰寿。这些金鱼比我初中时养的那几条大了很多倍，也漂亮了不少。中年养鱼的心情完全不同于少年。中年，靠别人给你提供做好的鱼缸和过滤这些装备，鱼也好看了。少年，用简单原始的瓦缸，没有什么过滤和鱼用药，金鱼也很普通。但中年少了一份少年时代那种好奇，那种亲自动手的沉浸式快乐。有了金鱼之后，我又对锦鲤产生了莫大的兴趣。我请人在阳台做了一个可以装一吨水的大玻璃缸，用来养锦鲤。

这样，养了十多年观赏鱼之后，我去了广东，一待就是十年。这十年中，不但不养鱼，居然可以不去欣赏鱼，可能和太忙有关。最近从广东回到了北京，捡起老爱好，开始养鱼了。现在，我有两缸兰寿金鱼，一缸水草和小热带鱼，一缸（阳台那个大缸）锦鲤。看来，我要将少年时的爱好进行到底了。

14. 鸽子

　　说到鸽子，我的同时代人会想到郑绪岚演唱的那首歌《飞吧鸽子》。如果您是北京人，虽然很难在蓝天上再看到飞翔盘旋的鸽子，但在很多地方例如住宅小区还会看到没有主人的鸽子，我管它们叫野鸽子。如果看西方出产的电影，我们也时常看到他们广场上成群结队的野鸽子。当然，您也许会想起广东名菜烤乳鸽。

　　烤乳鸽？这也太奢侈了吧，少年的我会惊呼道。确实，我们那个时代，弄到哪怕一只鸽子在家里养着，也是一件十分困难的事。那时，鸽子很稀少。为什么呢？我猜想，我们人刚刚能够温饱，哪儿有什么余粮来喂养许多鸽子。鸽子和其他鸟儿不一样，它们是一定要吃粮食的。当然，很多种鸟类的食物都比较讲究，可是有时也能将就。鸽子不行，一定要吃粮食。

在厂区的宿舍，我们家有个邻居，住同一排，中间只隔了两家，姓王。我说姓王，指的是这家爸爸姓王，其实他们家除了爸爸都姓胡，跟妈妈姓。他们家和我们家一样，都是三个孩子，都是两个男孩中间夹一个女孩。老大比我小一岁，叫胡珊，我在厂子里的"割头不换"的朋友。老二比我妹妹小两岁，叫胡锐。最后，老三和我弟弟一样大，也就是说比我小六岁，叫胡鑫。王爸爸是入赘的女婿，所以子女都跟胡妈妈姓。王爸爸对我小时候影响很大，他是县委某部门的秘书，一肚子墨水，他的文化气质影响了我，我现在的文学爱好，是从他那儿起步的，后面我们单独说。他们家老大胡珊受王爸爸的影响倒不是太大，后来学的专业和文学也没有关系。那个时候，在我眼里，他们家是最可亲近的。

这一亲近不要紧，不但让我热爱上文学，还让我养起了鸽子。事情是这样的，有一回，王爸爸照例骑着自行车回家了，不同的是，自行车后座上搁着一个笼子，笼子里有两只咕咕叫的鸽子。这对鸽子还没有成年，瓦灰的颜色，几乎没有一点杂色，羽毛锃亮锃亮的，鸽子的喙也比较粗，眼睛是橙红的。后来我学到了，喙粗的鸽子是好的品种，红眼睛，其瞳孔外边那一圈如果像细沙一样，是最好的品种。原来，王爸爸带回来一对最好品种的鸽子。

　　我非常羡慕，那时我已经开始养金鱼。看上去，鸽子更好玩，它们既漂亮，还会飞。这还不够，它们无论飞多久，无论飞多远，最后还会飞回家。金鱼固然漂亮可爱，你要是将它们放进河里去，这辈子休想再看到它们了。羡慕归羡慕，我怎么也能弄到一对类似的鸽子呢？王爸爸弄来的鸽子来自他的好朋友，他声称再也要不到更多的一对了。每天，我看到王爸爸打开鸽子笼，吹声口哨，它们就飞下来吃王爸爸撒在地上的稻子粒或者小麦，吃完了又飞上去。过了一会儿，它们就起飞，有时候绕一小

没过多少天，这对鸽子会飞了，有时和胡家的鸽子一起飞，飞累了就回家。家前面有鸽子，家后面有金鱼，这可能是我少年时代最为快乐的一段时光。

圈就回到鸽子笼的顶上或者屋顶了；有时候会飞一大圈，绕着整个厂区甚至飞到厂外，过了一大会儿才回来。

这对鸽子实在太好玩了，我一定要弄一对来养着玩。碰到涟水的集市，我确实会看到卖鸽子的人，总有三两个这样的人。在他们身前摆着几个笼子，笼子里是不同品种的鸽子，有瓦灰的，有黑的有白的，还有其他杂色的。通常，总有几个小伙子围着这些鸽子笼，不停地评价鸽子的品种——显然，这些都是养鸽子的行家。鸽子有是有，买鸽子的钱呢？我买只苹果都舍不得，哪儿来的钱买鸽子。

就这样，胡珊家的那对鸽子越长越大，我等来了我的机会。在棉织厂灯光球场北边的那排宿舍中，有一户姓姜的人家。姜伯伯是棉织厂的大领导，家里有不少孩子，老六比我大两岁，是我的初中同学，小名姜小六子，大号姜必武。姜小六子体力特别好，可能是天生的，打篮球时很少人能拦得住他，他的球技一般，就是蛮劲大。我和他的关系很好，仅次于和胡珊的关系。无论打乒乓球还是打篮球，我都喜欢和他一起玩。他们家人多，每次我去找他只在门口喊一声，很少进他们家。那时，还有一家孩子也特别多，这是一家从南京下放到涟水的，共有五个孩子，清一水女孩。老五比我大一岁，他们家的美女之一，另一个美女是大姐，在涟水淮剧团唱戏。回到姜家，小六子未必对宠物有兴趣，他有一个姐姐在附近一个公社的供销社，巧了，那个供销社院子里有一群鸽子。

有一天，小六子跟我说，他姐和鸽子的主人说好了，前不久刚孵出的一对鸽子可以送给我，我乐疯了。第二天，我们俩骑着自行车，在晴朗的天空下和几乎透明的空气中，骑了十多里路到了供销社。那对小鸽子比胡家的鸽子刚拿回来的时候还要小，还不会飞呢。鸽子比较普通，喙比较尖，眼睛也不够沙。不过，我还能有什么要求呢？这已经远远超出我的期待了。我们骑着车将鸽子带回厂里。对了，除了鸽子，人家还顺便送了我一个鸽子窝。我将鸽子窝架在屋檐下，喂了它们一把米，我养鸽子的日子就此开始。

没过多少天，这对鸽子会飞了，有时和胡家的鸽子一起飞，飞累了就回家。家前面有鸽子，家后面有金鱼，这可能是我少年时代最为快乐的一段时光。又过了不到一年，我的鸽子失踪了。我知道它们不是因为飞到野外打食（觅食）遇到意外了，也不会因为飞得太远找不到回家的路了——极有可能，它们被别人家的鸽子给"络走"了。所谓"络走"，就是随着大溜跟着飞走了。那年头，有人喜欢用自己的鸽子"络"别人的鸽子。果然，过了不久，有人告诉我，我的鸽子被土产公司的一家给络走了。他带我悄悄地走近这户人家，果然我的鸽子混在很多鸽子之间吃食呢。我能做什么？那个人近乎成人了，我敢跟他要吗？

过了不久，姜小六子又带我去他姐那里拿回一对鸽子。这回，我长了心眼，不再让鸽子飞远了。我知道，一旦鸽子飞近那户人家，他就会放起自己的鸽子来络我的鸽子。胡家的那对鸽子一直好好的，可见眼睛是否沙的确是判断鸽子的一个重要标志。

我一直没有机会等到有足够的钱去集市买好鸽子，因此，我也一直没有机会带上一些好鸽子跑到几十里外甚至一百里外放鸽子，然后回家静静地等它们飞回来。

很久很久以后，我到了北京工作，我们家的小区里有很多野鸽子。它们基本不怕人，等人走近它们才会走开。它们一会儿飞上小区房子的楼顶，一会儿又飞下来。我看它们的喙，都比较尖。眼睛沙还是不沙看不清，这需要用手拿着鸽子仔细看。它们经常聚集在小区公共活动区域。可是，孩子们对鸽子没有多大兴趣。我想，这可能是因为北京人已经不再养鸽子、放飞鸽子的原因吧。

15. 第一本小说

　　这里的"第一本小说"其实不是我读到的第一本小说。谁能记得自己有生以来读到的第一本小说？这对记忆的要求有点高。我印象中，早些时候读了很多小说和回忆录，例如，《红旗飘飘》是我最早读过的书之一，《高玉宝》也是。我要谈的第一本小说，是让我真正爱上文学的小说。

　　一个夏天，不记得是哪一年了，大约是小学最后一年或者是初中第一年。我爸爸在那一年生了一场大病，据说是白血病。县医院是没有能力治疗他的病了，他住进了当地军队的医院。在涟水的驻军是师级单位，很多年后我的妻子也在那个医院做过护士。我们一般认为，师部和师部医院的位置都不在城里了，因为从涟水电影院向北一直到师部都是农村，从师部再向北到我爸爸工作的化肥厂也都是农村。师部坐落在涟水的南北大路边上，院子很大很气派，后来的一些中学同学是来自师部的。师部医院更加远，下了南北大路，有一条向西的小路，在小路上走一阵子才到师部医院。家里人告诉我，爸爸得了很严重的病，差点没了命，现在好转了，我应该去看看。我心想，为什么一开始不告诉我呢？既然好转了，我也就不那么担心了。

通向师部医院的小路上有一点石子，基本是土路，却很结实。路两边种满了垂杨，那一天是夏天，我一路走着一路听着蝉鸣，叫得特别响的，我还会去看看在哪里。我边走边奇怪，师部那么好，地点也不错，为什么将医院安排得比较偏僻？那时我小，当然想不透原因。现在知道了，医院的环境越安静越好。师部医院的环境比县医院好很多，县医院实在太嘈杂了。

走到了医院的门口，站岗的军人问我干什么，我说我爸住院，得了什么病。这位军人不错，看我小，指点我怎么走，是哪排病房。

走到那排病房，大老远地就看到我爸坐在一个躺椅上，穿一身蓝条纹病服。他手里正拿着一本书呢，看来状态不错。我走过去，也和周围的几个病人打了招呼，就问他看的是什么书。他将那本破破烂烂的书递给我，书名还看得清：《野火春风斗古城》。这是我第一次看到我爸读小说，很吃惊。我一直以为他就知道上班，和别人讨论技术，以及做饭和打牌。看来，人如果实在太闲了，终极解闷的方式是读小说。

那次看望我爸之后，又去了一趟师部医院，这本破破烂烂的小说不仅他看完了，他的同房间的病号都看完了，于是我将它借走。那时读小说是我最大的爱好，《野火春风斗古城》是我看过的小说中最好的，一会儿工夫我就看完了。这本书好在哪里？首先它的文学性和故事性比我看过的《高玉宝》要好，文学性和故事性有时要靠复杂度提升，也要靠人性喜欢的东西提升，例如爱情。《野火春风斗古城》里有杨晓冬和银环的爱情，也有其他有意思的故事。

这是我读过的第一本真正意义上的小说，后来，我通过各种方式读了《苦菜花》《红日》《林海雪原》等小说，都在小学五年级（那时没有六年级）和初中一年级这两年。按理说这两年我应该处于叛逆期，我丝毫不记得我有过什么叛逆。也许，金鱼和鸽子以及小说，让我根本没有时间去叛逆。

到了初二，那是 1975 年，四大名著我也能看到了。按理说一个十三四岁的孩子看不懂《红楼梦》，但我看懂了，至少表面上看懂了。那时已经对旧体诗词入了门，《红楼梦》也好，《西游记》也好，里面的诗词我都看得懂，我甚至还就《红楼梦》里的一些诗的韵脚次过韵①，也就是做了几首和诗。那些诗早就被我丢到爪哇国去了。

————————————

① 次韵，也作步韵，即依照别人作诗所用韵脚的次第来和诗。

当时活着的作家，我最羡慕浩然，他的小说我没有遗漏全部读了，《艳阳天》《金光大道》等。他还写过一篇长篇散文诗《西沙儿女》，我在新华书店买了一本。他有一篇短篇进了我们语文课本。

从小学五年级到初中二年级，这三年我愿意将它们称为我的小说时代。我如饥似渴地读小说，用小说中的故事来丰富比较单调乏味的日子。好在那是个不怎么强调上课的时代，更没有现在的内卷和应试压力。

16. 我的文学启蒙

　　读小说对我来说谈不上文学启蒙，就是简单地看故事，想来，和现在很多人读网络小说差不多。

　　我真正的文学启蒙，是阅读《千家诗》以及和邻居王叔叔的交流。在《鸽子》那一节，我说到我家邻居胡妈妈家，胡妈妈的丈夫就是王叔叔，他们的大儿子胡珊是我最好的朋友。

　　整个小学阶段，我基本没有开窍，除了玩还是玩。到了五年级，我十一岁了，好像一夜之间开窍了。王叔叔是县里一个单位的秘书，他的旧文化功底很扎实，包括阅读和创作旧体诗词，写毛笔字，甚至写文言文。他们家一直是我家邻居，我也一直和胡珊玩，在小学五年级之前，我对王叔叔的才能和他的藏书一直视而不见。

逢年过节，王叔叔会自己写对联，也给邻居写。对联的内容是他自己想的，字当然也是他自己写的。我记得除了楷书就是行书，草书他几乎从来不写，也许就是写不好而已。从大楷到蝇头小楷他都能驾驭，我那时也跟着写，写得马马虎虎。蝇头小楷我一直写不了，可能跟我的性格有关，我不是一个喜欢"绣花"的人。

从王叔叔家借的第一本书和诗歌无关，大约是《红楼梦》。他们家的四大名著是全的，也有其他不常见的书如《三遂平妖传》，反正都被我看遍了。《红楼梦》是我最喜欢的，那些天是大热天，我睡在外边，是竹制的床，还罩着蚊帐。躲在蚊帐里读《红楼梦》对于一个少年来说如同做一个红楼里的梦。在这样的年纪，"红楼"这个名词都透着那么一种浪漫，以及富贵。当然，十一岁的年纪是不可能理解《红楼梦》的。甚至，到了中年我也不十分理解这部丰富而又复杂的小说。直到最近这些年，我读了太多的历史，也经历了不短的人生，才慢慢理解了《红楼梦》，甚而有了我自己的解释。要不要继续发展我的解释和发表它，以后再说吧。

王叔叔家有两个书柜，都是用好木头打的，另有一个书桌也是用好木头打的。王叔叔写文章也好，写对联也好，用的都是那个书桌。书柜和书桌用透明的清漆油得锃亮，它们可能是我离开涟水之前见过的最好看的家具了。王叔叔平常用到的书都在那两个书柜里。

忽然有一天，我从一个书柜拿出一本旧书来。打开这本黄黄的书，里面是一些旧体诗和插图，书名是《千家诗》。我觉得那些有着仕女的插图好看，就借回家了，这才是我的文学启蒙的开头。这本诗集比《唐诗三百首》更具启蒙性质，所收的诗的种类局限于律诗和绝句。我运气实在好，读的第一部诗集是一本这么简单的启蒙读物。插图也很好，帮助我理解了诗的内容。

不久，我又从他们家借阅了其他诗集，以及谈诗词格律的书。诗词格律单靠阅读学习起来比较困难，好在我有王叔叔可以咨询。我先掌握了平仄规律，又学会了查平水韵①。接着，我尝试着自己写几首，拿去给王叔叔看，他大为叹赏。他说我不仅很快掌握了诗词格律，写的诗也有气魄。我知道我的气魄是哪里来的，我喜欢所谓豪放派。写了若干诗以后，我还觉得《红楼梦》里的诗不够好，不怎么豪放。

整个中学，除了小说，我阅读得最多的就是诗歌了。后来上了北大，也还经常借阅如《李太白全集》这样的诗集，但不怎么写了，精力主要放在学习物理学上面了。很多年以后，我开始写作现代诗，写了两百首左右吧，也发表了少量一部分。这两年，为了好玩，我捡起少年时的爱好，写了一点旧体诗。

诗歌无疑是一个文学爱好者必须关注的，甚至必须去尝试创作的。我对文学和艺术的所有感受以

———————

① 平水韵，我国古代诗词创作中使用的韵书，它依据唐人的用韵情况，将汉字划分成106个韵部。

及从中的受益，都从诗歌开始。诗歌语言是精炼的，这还不是诗歌最大的特点，诗歌给我们留白很大，想象的空间也就很大。诗歌还培养我们对节奏和韵律的感受和把握，这又和音乐有关。如果说音乐是时间的艺术，绘画和雕塑是色彩和空间的艺术，那么诗歌就是时间和空间的艺术。我们需要阅读或者朗诵来展示诗歌，这就成了时间的艺术。我们又要求诗歌的音节有序，这和空间也有关系。

中国古典诗歌是时间空间艺术的范例。古典诗歌能够做到空间审美的极致和汉字的单音节有关，从《诗经》的四言，到后来的五言进而七言，是整齐有序的形式。汉字的发声由声母和韵母构成，这使得押韵既简单又严格。诗到唐朝达到巅峰，宋朝又将诗变体为词，句子长短不一，丰富了汉语诗歌的节奏。后来我为什么不怎么写这些旧体诗词了？我觉得旧体诗词已经被前人基本写尽了。我说"写尽"的意思不是说我们不能写出新的诗词，经不住查重，完全不是这个意思。我的意思是，如果将自然的、人心的所有对象作为吟咏的内容，用旧体诗词的特有的词语（例如月亮用嫦娥和玉兔），我们很难造出新的意象和意境。今天，还有很多人实践旧体诗词，我也经常觉得他们写得好，值得玩味。

但诗歌不仅仅是给我们玩味的，阅读诗歌类似听音乐，是让我们感受，让我们感动，进而让我们进入某种心流状态。现代诗歌能够做到这一点，为什么？因为现代诗歌中出现了新的意象，大大拓展了旧体诗歌。很多人不能欣赏现代诗歌，觉得不押韵什么的。其实，韵脚只是诗歌音乐性的一种，节奏、朗诵的旋律以及意象本身，都带有音乐性。我经常用现代派绘画和现代派音乐来比方现代诗歌。现代派绘画不追求形似，也不追求细腻，却有绘画本身能够带给我们的视觉效果。苏东坡一千年前说过"论画以形似，见与儿童邻"，我们的国画恰恰不强调形似。现代派音乐抛弃了古典音乐的元素例如和声这类的协调性，却产生了新的旋律和美。同样，现代诗歌放弃了句子的一致性和押韵，抵达了新境界。

回到涟水。我跟随王叔叔很快学会了欣赏和创作旧体诗词，随着我的欣赏能力的提高，我也很快不太喜欢王叔叔写的诗，总觉得他的诗有一些保守的意味，有一些陈旧的套路。我离开涟水还不到十六岁，自己也写不出成熟的诗歌，可是从那时到现在，我都不喜欢陈旧套路。"语不惊人死不休"，如杜甫所言，即使写不出惊人的句子，也不能成为一群人中的一员。

在涟水时代，我也喜欢上了新诗。我能读到的新诗，无非是报纸或者《诗刊》等杂志上的。我订阅了《诗刊》，还会将杂志带到学校。那时的新诗谈不上是现代诗，同样，诗歌语言成了一种套路。不过，有些新诗，尽管按照现在的标准来看并不好，却朗朗上口，我蛮喜欢。例如。当年北京大学中文系学生集体创作的《理想之歌》："红日、白雪、蓝天……乘东风，飞来报春的群雁。从太阳升起的北京启程，飞翔到宝塔山头，落脚在延河两岸……"

念起来旋律感十足。

在涟水，我从来没有尝试过写小说。进入北大学习的第一年，我倒是写了一篇短篇小说，投给《北京文学》，被退稿了。人到中年，我终于写了几篇自己觉得还好的小说，也发表了。

我还想写诗吗？还想。还会写诗吗？偶尔会。但成批地写诗的欲望，不知道什么时候再次到来。

17. 爸爸的化肥厂

我父亲来自一个有七个兄弟姐妹的大家庭，排行三，其实是老四。父亲的兄弟姐妹中的老大是我大姑，嫁在离瓦滩村不远的一个村。我还有一个小姑，排行老六，跟大姑嫁在同一个村。大姑和小姑之外，都是叔叔。在涟水，我们管他们叫爷，比如，大伯叫大爷，四叔叫四爷，最小的叔叔叫五爷。在瓦滩，无论老少，都管我爸爸叫三爷。

我爸爸从部队复员后就去了涟水化肥厂工作，做一个技术工人，因为他是坦克修理兵。化肥本身的技术和他的技能无关，但生产化肥的机器和他的技能有关。我对化肥厂的了解远远不如对棉织厂的了解，不在那里住，每次去都是很短暂的时间。只记得在露天有很多金属做的大罐子和塔，想来是发生化学反应的地方。还有很多排排列在一起的喷水的管子，不知道功能是什么。有了这么多机器，爸爸的技能自然就派上了用场。

等我出生后并有记忆了，我没有见过他修理过什么东西，他已经是车间副主任了，后来更成了主任。在两种情况下我才去化肥厂，一个是无法在棉织厂洗澡了，就去化肥厂洗澡；另一个是实在无聊了我偶尔会骑着车子去化肥厂兜一圈，化肥厂离棉织厂三里路左右，骑车一个来回刚好打发了无聊。对了，其实还有第三种情况我会去化肥厂。我大爷也在化肥厂工作，在食堂当厨师。他的主要工作是做馒头，我喜欢看他揉面，然后做成馒头一个一个放进蒸笼里。有时，馒头会做成长方形的，放进一个铁盒里，下面有凸槽。出笼的馒头下面就有凹槽，将馒头沿着凹槽切开。我家忙的话，如果需要馒头，他们就会派我去化肥厂食堂买馒头。

前面说过的驻军师部正好位于棉织厂到化肥厂

的中间。从化肥厂再向北，就是完全的农村，第一个村子是朱码村。从化肥厂地界到朱码要过一座桥，盐河在桥下流过。70年代初，我们经常拉练，就是军训的意思。每一次，我们都跟家长要了小被子，叠起来背在身上。大家都有背包、挎包以及军用水壶。整个学校的队伍，有时是一个年级的队伍，就浩浩荡荡地从学校出发了，走了五里路后过朱码桥，这样走了五六里路。我每次都希望至少走上十里，可惜每次过了朱码桥不远就回头了。可能是老师们觉得还是要小心一点，不要让孩子们太累。

我和化肥厂少数几个工人熟悉，这些人在工作上和我父亲有关系。每次去，他们也都说"大和平来啦"。化肥厂也有宿舍区，在厂区外的东北方向，我几乎没有去过，因而和化肥厂的孩子们也不熟。尽管很少去，每次去化肥厂，我总会将目光投向宿舍区，好奇那里到底都有什么人。

化肥厂和棉织厂恰恰相反，基本都是男职工，后者基本都是女职工。化肥厂的效益当然不亚于棉织厂，生产的都是必需品。化肥厂生产的化肥都在当地消化了，事实上还不够用。棉织厂不同，原因是人们需要的棉布种类很多，当地人既需要棉织厂的布，也需要别的地区生产的布。这样，棉织厂的产品主要销售对象是外地。我记得我妈经常将棉布小样带回家，这是一本由各种棉布钉在一起的"书"，我挺喜欢翻看的。那时卖棉布也是国家统销行为，每年他们都要出去开一两次统销会，带着他们的小样。

在棉织厂工作是相对安全的，而化肥厂就有点问题。你还没有进厂里，就会闻到刺鼻的味道。

在60年代中期到70年代中期，那个运动使得工厂不仅要继续搞生产，也要搞运动。有那么几次，我在化肥厂"旁听"了他们的会议，无非是学习语录什么的，还有一些我根本不懂的事情，从而也记不得了。当然，同样的事情也在棉织厂发生着，我也"旁听"过几次会议。还在东北大宿舍住的时候，我去过棉织厂撕大字报，一边撕一边跟大人说这些纸我要带回家引（生）炉子。我不记得棉织厂和化肥厂停产过，至少我们搬进厂区之后，织布车间的织布机每天白天夜里永远是"咣当咣当"地响着。

尽管我没有见过我爸爸干过什么技术工作，我却见过他指挥别人做事。我还做过一次"坏事"。一次，我爸爸从化肥厂带回一个打着弯的管子，是陶瓷的还是什么材料的。我觉得好玩，有点像武器的意思，就拿起来舞了一回。不幸的是，我将这件"武器"挥舞到墙上了，管子外边的那层材料开裂了。我吓死了，赶紧悄悄将管子放回去，打定主意如果爸爸问起来假装一概不知。奇怪的是，他从来没有问起这件事。

我没有见过我爸修理过机械，但见过他在其他方面展示过才艺。我喜欢水，这一点或许遗传自他。他喜欢用网打鱼，是那种用双臂撒开来的网，会撒网的人可以将网撒得圆圆的，落在水面上沉下去。铅或锡铸成的网坠带着网下沉，一直到水底，打鱼人再通过手里的"纲"慢慢收网。收起的网被提到岸边，打鱼人慢慢地捡出鱼虾，偶尔还有螃蟹和老鳖，也有石子、砖头和垃圾。爸爸的网是自己织的，那时我四岁或者五岁。网坠是他自己铸的。他将自家的牙膏皮找出来，再用几分钱一只牙膏皮的价格收购邻居的。这些铅做的牙膏皮被他放在炉子上慢慢地熔化掉，倒进借来的模子里，一个一个渔网坠就做成了。他的打鱼完全是一种业余消遣，每次打到的鱼不多。后来，可能各个池塘都禁止打鱼了，我爸的渔网就永远地收起来了。

打鱼之外，他也会修理水桶之类的东西，至于做饭，也是他的爱好。除了偶尔看小说，他几乎是不读书的，我妈喜欢说他不读书不看报。后来我想，动手和读书在某种程度上是相排斥的。我爸动手不读书，我妈读书不动手。我从来没有见过我妈做饭，偶尔会洗衣服。我既会动手也会读书，最初出国的那一阵子，我做过饭。读研究生时我带过本科生的实验课，我甚至修过家里的积家空气钟①。我爸还会

———————————

① 积家是一家位于瑞士勒桑捷的高级钟表制造商，它生产的空气钟利用温度的变化来驱动钟表，无须人工上链。

种地，在东北大宿舍那小小的一片地里，丝瓜、扁豆、茄子、辣椒，都是他种的。目前，我侍弄花草还没有成功的案例。对了，外婆在我家的时候，我们穿的鞋的鞋底都是外婆一锥子一锥子纳出来的。我爸爸也会纳鞋底，甚至会打草鞋。有时，我去农村支农用的镰刀是他帮助磨的。

爸爸是农村出来的，自然少不了一些亲戚朋友来求他帮忙批一些化肥。于是，夏天的时候，我们坐在丝瓜棚下听他们说话。他们的话题当然不止于化肥，还会拉一些张家长李家短。我大爷偶尔也会从化肥厂来我家，一般是厂里发生了对他不利的事情。后来，他患上了食道癌，人变得精瘦。那段时间他来我家，我妈生怕癌症会传染，这是对癌症的误解。大爷做了手术后，一直很好，过了一段时间人也不瘦了。没过几年，大爷申请退休，让他的儿子填了他在化肥厂的工作位置。大爷的儿子大我不少，从江西鹰潭退伍回来的。他不是厨师，做了电工。

我二爷在 50 年代和我爸以及大爷都在县城当工人。后来有一段时间农民可以包产到户，他精明地赶紧回到瓦滩当农民去了。当然，后来他后悔了。我四爷，比我父亲小，去了黑龙江生产建设兵团。在我上大学之前，他们一家调回来了，带着三个孩子。五爷因为年纪最小也最受宠，一直没有离开瓦滩。据说，我爷爷活着的时候，如果有好吃的，他和五爷一个桌子吃，别人是吃不到的。

18. 人武部、东方红化工厂和其他

　　我上的小学在涟城镇排名第二，排第一的是实验小学，又名东方红小学。东方红小学位于五岛公园之南，处于一大片居民区之间。除了那里的居民，很多县委大院的孩子都在实验小学读书，因为县委大院和实验小学相距不远。虽然羡慕在实验小学上学的孩子，我却也并不感到自卑。向阳小学的学生比较杂，有像我这样来自工厂的，有来自普通居民家庭的，有来自附近农村家庭的，还有来自人武部的。

　　人武部紧挨着向阳小学。我们放学之后，向南走左转，就是县人武部的大门。门卫不严，我们可以进去逛逛。人武部的外面是一小片水田，里面的

面积不小，人却不多。我们班有好几个人武部的子弟，跟我玩得好的一个姓黄，父亲是人武部的政委；另一个姓任，父亲是人武部的科长。这两人性格都很特出，一个看似忠厚，其实蛮有点子，我用救生衣跟他换了一条龙睛金鱼；另一个话比较多，点子也不少，其实心底实诚。一个高而有力，掰手腕我基本上去就输；另一个不矮，却瘦。

作为小学生，我很早就知道当官的级别。人武部部长和政委，是和县委书记平级的（那个时候已经没有了县长）。人武部主要负责征兵，也负责训练民兵。有好几次民兵训练泅渡废黄河，是人武部组织的，我去围观了。看到平时作为工人和农民的年轻人突然背上枪夹起炸药包，腿上还打起了绑带，我很羡慕。泅渡的人列成好几排，最前面的人擎着红旗。下水之前大家喊着口号。游泳的时候没有人再喊口号了，都在集中注意力游泳。他们游到对岸，发起冲锋，假装炸了几个碉堡，然后从对岸再泅渡回来。

向阳小学的北边是大闸口那条河，同样，人武部的北边也是那条河。河在人武部北边变得更加窄也更加深。我和黄姓同学以及任姓同学经常从小学后面游到人武部后面，然后再游回来，中间遇到一些芦苇，我们就试图摸鱼但从来没有成功。下水之前怕衣服被人拿走，挖个坑将衣服埋起来。小学毕业后，我和人武部的两位同学都升级去了涟水县中学，不在一个班，自此也不怎么联系了。不知道为什么，我总觉得现在的孩子少年时代的友情比我们当年少年时代的友情能延续得更长。也许这是我的错觉，也许只是因为我的儿子和他的小学以及中学好友的友情一直延续到他们工作以后。

接着我讲讲东方红化工厂。这个话题和人武部没有任何关系，放在这里说完全是因为谈不了太多。这个化工厂在东北大宿舍后面，因为近，总有机会溜进去玩玩。我并不常去，因为化工厂里的气味比我爸的化肥厂的气味还要难闻，后者不过是氨一类的味道。东方红化工厂和任何其他工厂一样，都有围墙和大门。和别的工厂稍有不同的是，厂南边没有围墙，因为南边是一块一块的水池子。厂内没有多少车间，露天有很多罐子，里面装着化学液体和固体。我见过一些酸类，硫酸和盐酸，难怪有刺鼻的味道。

似乎早几年化工厂只生产这类简单的产品，因此还不是污染源。在我离开涟水之前的几年，化工厂开始生产更加复杂的产品。厂子前面那些水池就被彻底污染了，不用说找不到从前的鱼虾和蝌蚪了，连一根草都没有了。

有一回，我和某个小朋友进了厂里，见到一个景象吓得我们很长时间不敢再去了。那天的天气我记得十分清楚，晴朗，比较湿。我们俩走过一些房子，走过一些装满化学药品的罐子，来到一个敞开的棚子下面。棚子下面放着排在一起的很多草编的袋子，我们赫然看到，袋子里都是骸骨，包括头骨。我们很害怕死人，可能恐怖故事听多了。我俩绕了一圈，赶紧走了。

后来我们听说，东方红化工厂为了建设，挖了一块地。原来，那块地是过去的坟场，就挖出了很多腐朽的棺材和骸骨。那天，棺材大概被处理了，骸骨还没有被处理掉。

这家化工厂给我的印象不好，不是因为那天看到的东西，而是因为里面没有什么好玩的，更因为它后来污染了那些可爱的水塘。

说到污染，我妈工作的棉织厂后来也给周围居民带来了不便。厂里后来的浆染污水越来越多，大概是因为棉布产量越来越大。这些污水来不及处理都被排到县城第三大河里去了，这条河还不至于完全不长水草，但鱼肯定是没有了，人也不能游泳了。下游的农民的生活和耕作都受到了很大影响。

给周围环境带来很大污染的东方红化工厂和棉织厂至今还在。被涟水人习惯性地简称东化厂，现在的正式名称是涟水化工总厂，棉织厂改称涟水纺织公司。当年相对清洁无污染的化肥厂则彻底消失了。

东化厂是我六岁前生活中的一个不可忽略的存在，而在我六岁之后，供电局取代了东化厂的位置。所谓供电局，其实是一个厂，里面有各种变压器和电线电缆，它控制着整个涟水城的用电（那时农村没有供电），同时也生产加工一些产品，如电线电缆。我们在棉织厂厂区的宿舍紧挨着供电局，中间隔着一道墙。这堵墙比将棉织厂的生活区和生产区隔开的那堵墙要高，墙上还插着一些碎玻璃，好像棉织厂和供电局彼此防着对方。我家后面有十几平方的菜地，自己种的，有时我也会去浇水。作为孩子，不可能不对对面的供电局产生兴趣，有时就将家里的梯子搬出来架在墙上，然后爬到梯子上对着供电局张望。也有极个别的时候，干脆翻过墙，到供电局逛上一圈。回家是翻不了墙了，没有梯子，就从供电局的大门大摇大摆地走出来，然后沿着供电局和棉织厂外面的小路走回家。

回家的路上，总要路过一座矮矮的坟。非常奇怪，这是一座孤零零的坟，没有人知道坟的主人是谁，既没有人将它迁走，也没有人将它平掉。如果是雨天，我就不走小路了，直接上那条涟水南北主路。对了，这条路我已经提到过很多次了，它现在叫安东路，那个时候却没有名字。

供电局的北边，就是我说过的电影院，也不知道它现在还在不在。

棉织厂的南边，就是糖盐烟酒公司，那里有很多大大小小的瓦缸，我喂金鱼的孑孓就是在那里捞的。不记得是小学还是中学，有一两年我和一些小朋友在这家公司批发一点冰棍。冰棍用厚棉被上下包起来，放在一个白色的箱子里，背到大街上或者棉织厂去卖。记得卖冰棍的人还不少，每次批发的时候要排队。很遗憾，没有多少人买我们的冰棍，因此一整天下来也就卖出一箱冰棍，赚到的钱实在有限。因为不挣钱，我的商贩生涯就没有持续多久。或许，在我的内心，卖冰棍的好玩胜过赚钱。记得我们围观过工人们做糖果。将一袋袋白砂糖熬化了，这些糖稀放在一起慢慢冷却成很大一坨软软的糖团。

记得我们围观过工人们做糖果。将一袋袋白砂糖熬化了，这些糖稀放在一起慢慢冷却成很大一坨软软的糖团。将糖团放进一些有着长沟的金属槽里，再拿出来切成一块块的，冷却了就是棕色的糖果。

将糖团放进一些有着长沟的金属槽里，再拿出来切成一块块的，冷却了就是棕色的糖果。

糖盐烟酒公司也生产云片糕什么的，我就没有机会去观摩了；油炸果子的制作过程我倒是见过。在公司的外面有一个很大的门市部，卖着他们自家的产品以及外地来的产品。那时，对我们孩子来说，极简的棕色糖果已经可以满足我们的欲望了。记得很小的时候，一块糖，甚至和别的小朋友你一口我一口地舔。一直到我上大学，我们眼中的主要糕点还是云片糕、油炸果子、小麻饼。那种圆圆的直径有六七厘米的蛋糕也有，不多见。蛋糕的主要成分是面粉和鸡蛋，鸡蛋是比较贵的原材料，这可能是蛋糕罕见的原因。

糖盐烟酒公司再向南，是土产公司。其实，这家公司也有很多瓦缸，所以我喂金鱼的孑孓有一部分是在这里捞的。在谈我养鸽子的经历时，我说过我的一对鸽子被这家公司的一个小伙子给络走了。同样，这家公司外面有一个门市部，主要卖锅碗瓢盆。我记得很清楚，那时候一只碗并不便宜，而且外形还不完美。买碗的时候，人们总要挑挑拣拣，将碗放在手里转几圈，先看碗圆不圆，再里里外外查看碗上面有没有黑棕色的斑点。一堆碗里面，只能挑出不多的几只。我养金鱼的瓦缸就是从土产公司买的，自己辛辛苦苦地搬回家。写到这里，我突然回忆起搬回那只深瓦缸的过程。因为这只瓦缸太重，我是将它从土产公司门市部滚到棉织厂的。我也有过买一只大瓦缸的想法，后来放弃了，我的金鱼实在不多，用不着那么大的瓦缸。

事实上，我家吃水用的水缸就是一个大瓦缸。有时，我爸爸或者我会将弄来的鲫鱼放在里面养一阵子。好像在水缸里面养几条迟早要被我们果腹的鲫鱼与用这缸水烧水做饭并没有矛盾，放在今天，这种做法是不可思议的。

从土产公司再向南，就是那条后来被棉织厂排出的浆染废水污染的河了。这条河，现在在地图上已不复存在。

19. 短暂的文艺生

　　小学五年级的时候，我被学校负责宣传队的老师看中了，挑进了学生宣传队。所谓宣传队，就是唱唱跳跳做表演。

　　这位老师是南京人，留着一个大辫子，有一个好看的大脸盘。为什么一个南京人会来到苏北的小县城工作？这是因为那个年代有知识青年上山下乡，初中毕业生和高中毕业生离开自己的家去农村插队当农民。一些有特长的知青会提前离开农村到城里工作，还有一些表现特别好的也会提前到城里工作。我们的文艺老师就这样到了向阳小学当音乐老师，兼任宣传队的负责人。

　　她的特长是编舞。我记得我们练习了好几个舞，我完全没有音乐天赋也没有舞蹈天赋，每次练舞对我来说就是一场考验。为什么说是考验呢？因为文艺老师偏爱我，我总是舞蹈队里排头的那一个。如果一个动作跳不好，就很难为情。我也参加了合唱团，同样也是一件后来我不理解的事。推测起来，那时我十一岁左右，处于变声之前，童声也许响亮好听。

文艺老师热情奔放，每次排练，孩子们还好，她自己倒弄得一脸汗水滴答滴答的。她住在学校里头，有两个非常可爱的男孩。两个男孩都在学龄前，大男孩懂事了也很聪明，头大脸大像妈妈，叫溜溜；老二活泼可爱，叫悠悠。文艺老师明显喜欢小悠悠多一些，我们却喜欢溜溜多一些。排练前和排练后，我们喜欢去她家，和这两个可爱的男孩玩一会儿。

从小学到中学，我遇到过两个可爱的大头男孩，一个是溜溜，一个是我们家邻居的孩子，叫大治子。巧合的是，大治子的妈妈也很文艺，叫杨文。杨文也喜欢文学，作为一个典型的纺织女工，这挺罕见。

等我明白事理了才知道这并不罕见，杨文出身于一个有文化背景的家庭。她的父亲去了台湾，她有一个叔叔叫杨犁，在涟中后面的教师进修学校当老师。这位杨犁也是下放到涟水的，他下放的性质不同于知青，他是作家。1978年，他们一家去了北京，杨犁在《瞭望》周刊当副总编。杨文的儿子大治子是我们整个邻居的"宠物"，大家都喜欢对他说"大头大头，下雨不愁，人有雨伞，我有大头"。在文艺老师家，我们对溜溜也经常说这几句。

大头大治子有两个舅舅，杨犁的儿子，那时经常来杨文家，都还是半大小子。后来，杨犁的两个儿子都考上了位于北京的大学。杨犁的女儿和我一样大，我却不知道她后来的情况。在北京再次见到了杨犁的二儿子的时候，我们都人到中年了，他已成为一位知名编辑。

我们向阳小学的宣传队不仅在学校演出，还去大街上表演，这是那几年常有的现象。每次演出，我们男生换上白衬衫、蓝裤子和白球鞋，觉得自己可帅了。后来的很多年里，每想到这身一成不变的打扮，就觉得有点土。现在再回头看，又觉得这身打扮才是永恒的经典。真是所谓时尚易变，风格永存。

在我快要升初中的时候，宣传队停止活动了，那是1974年夏天。我既向往着初中，又对向阳小学恋恋不舍。离开涟水多年以后，我还会打听文艺老师在不在向阳小学。没错，她一直没有离开涟水，尽管她是南京人。也许和她对我的音乐启蒙有关，我一直喜欢音乐，有时这种喜欢甚至超过了我对诗歌的喜欢。我总会说，音乐是第一艺术，诗歌是第二艺术。

讲到南京人，我就便在这里谈一谈我在涟水认识的一些南京人。棉织厂有不少南京人，都是从南京来到涟水农村，再从农村来到城里当工人的。我家那排宿舍的最东边是一家南京知青，说一家，因为知青之间往往配对成家。男的叫大老王，从这个名字就看出来他人高马大。他喜欢拉二胡、打鱼，打鱼的水平一流，在贫鱼的河里，每次都能满载而归。他的妻子一头鬈发，天生的。这两口子很和谐，从来没有见过他们吵过架。

我家右前方的那排宿舍的第一家也是南京知青，女的相当漂亮，不是妖艳的那种，比较平实，平实和漂亮貌似难以放在一起形容一个人，她的样子的确是这样。男的个子不高，很灵活。这家有个女儿，比我妹妹还要小几岁，他们家是比较早拥有收音机的家庭，我时不时去他们家听收音机。我耳闻女主人的绯闻不少，却从来没有亲眼见过。那个时代比较漂亮同时比较活泼的女人，难免有绯闻。这个比我大十多岁的南京人是我见过的第一个女文青。

和我们宿舍垂直有一排宿舍，里面也住着一家南京知青。女的有个绰号叫小金鱼，她为什么叫小金鱼不得而知。小金鱼的性格和她的名字不同，很泼辣。平常，她喜欢穿一双拖鞋走来走去，向工人们传播一下当地的新闻。一个早上，猝不及防地，小金鱼在外面的自来水池旁边和前述的漂亮南京女文青打起来了。小金鱼自然是得胜的一方，后来听说导火索就是绯闻。

还有一些知青工人对我有影响。有一位长得白白净净的，是棉织厂乒乓球冠军，还是整个涟水县的前两名。我们在大食堂打乒乓球的时候，看到他会请他来跟我们打几局。至今我还记得他的名字，姓左。他一直单身，至于为什么单身，没有听说过任何原因。

在我读初二的时候，来了一位上海大学生，这很罕见，他的工资也比别人高。他有一个特长是讲故事，讲得绘声绘色。他喜欢讲间谍故事和恐怖故事，这使我们眼界大开。问题是，听了这些故事，我们在回家的路上都是深一脚浅一脚地，害怕。害怕归害怕，我们还是会找到他请他继续讲故事。

我已经提到过的一家有五个女儿的，和漂亮女知青住在同一排。他们家爸爸是山东人，姓赵，山东口音很重。妈妈是南京人，带南京口音，能够看出年轻时很漂亮。不知道什么原因，他们家工资比较高，生活条件是我们望尘莫及的。五个女儿，大女儿偶尔回来，二女儿到五女儿和父母住在棉织厂。由于人口多，他们家罕见地住了两间房。估计出于虚荣心，有几个女儿保持着南京口音。我觉得大女儿和五女儿最漂亮，难分高下。大女儿在县淮剧团唱主角，有一次淮剧团来棉织厂演出，我在大食堂观看了。大女儿穿着旗袍一口苏北唱腔，让我第一次产生对异性的幻想。

赵小五比我大一岁，从向阳小学到涟中，都比我低一年级。由于年龄相当，她又十分漂亮，不能说我没有对她产生过朦胧想法。出于那时的风气，我们好像最多说过几句话。有一次，有人在废黄河里淹死了，同一天我在大闸口跳水，回家后被我妈罚跪，在我家自己加建的一个房间里。赵小五同学好像在我家窗户外面幸灾乐祸地围观了一下。在我考上大学的那一年，他们家因为落实政策要回南京了。我隐隐约约地觉得我和她都有一种难解难分的不舍，当然，这可能完全是虚幻的感觉，毕竟我们临了都没有对视过一眼。

20. 初一（4）班

从向阳小学毕业，我就去了涟水县中学上初中。

那个时候当然没有小升初考试，能够从小学毕业，自然就有了读初中的资格。当时，涟水县城虽然有五所小学，中学却只有一所。有些人小学毕业不再升学了，这样这所中学完全容得下升初中的人。我被分在初一（4）班，和一位女生同桌。没有想到，很多年后，她的一位哥哥成了我的连襟。我上初中时十二岁不到，是班里比较小的，发育也比较晚，因而坐在教室的第二排。

我的同桌女生比我大一岁或两岁，比我成熟得多。到了初中，男生和女生慢慢就分了界限，不再说话了。在必要的情况下，也会勉强说话。同桌女生在值日的时候，会吩咐我做些什么，此外就没有什么交流了。

涟水中学，简称涟中，至今还是苏北的名校，这里考上名牌大学的人不少。它坐落在废黄河北边，要去废黄河游泳的话，必须走过一片农田，翻过黄河大堤，其实也没有必要翻，因为涟中是正对着废黄河的单位，那个高高的土堆在校门前方有一个缺口。

学校的后边有一道围墙，将一个很大的池塘和农村隔开。因为学生们对那个池塘十分感兴趣，于是在池塘附近的围墙就出现了一个缺口。我们放学回家，要么从正门走右拐，走上一阵子到南北马路，要么抄近路从学校后面的围墙缺口走，走过农村，再慢慢回到南北马路。

涟中的布局有一点像北京大学，南边是教学区和教工宿舍区，后边是田野——学校用来学农什么的。油菜花盛开的时候，是我们捉蝴蝶闻花香的节日，这节日延续好多天。学校的西边紧邻县委大院，东边是操场和大礼堂。初一（4）班的教室在最南边的一排，离学校大门不远。对于家里给零花钱的同学来说，这个地理位置比较方便，课间时间他们可以去大门口的小卖部买点零食。

我们初中班主任是个男的，苏南来的，应该是师范毕业后分配到涟中的。他老婆吴老师（我们背后这么说），是他的同学，他俩都是苏南的，说着带苏南口音的普通话。班主任教英语，他老婆也教英语。班主任多半时间比较严肃，他也有笑的时候，是微笑，那是他对某位同学的表现感到满意的时候。他戴的眼镜度数比较深，眼睛从厚厚的镜片后面将目光瞪出来。他说话时略显瘪的嘴看起来容易让人忽略他正在说的话。他老婆比较清瘦、漂亮。如果不是被两个孩子拖累，她会更加漂亮。

我没有外语天赋，一背英语单词就觉得麻烦，更不用说背那些简单的句子。后来高考英语不及格一点也不奇怪。可能因为我不太热心于学英语，也可能因为我话不多，班主任对我的印象不好。到了初一下学期，我被他封为三号首长。一号首长是真的调皮，事实上他是班霸。一号首长家住在五岛公园前面那片居民区，本来就有市井味。加上他块头大，说话快，自然是男生敬畏的首席。尽管是御赐三号首长，男生中没有人将我当"干部"看。还有一个二号首长，属于当军师的那种人。这三位"领导"并不形成一个领导班子，平时各行其是。如果非要找一个班主任不喜欢我们的原因，可能男生在这个年纪都处于青春叛逆期，这些人一边在变声，一边在反叛。我们也许有成年人不喜欢的特征和行为，自己并不知道，觉得自己实在太冤了。在这个年龄段，女生的确更受欢迎一些。

我们班有几位很有特点的女生。我的同桌女生尽管也有特点，但她比较低调。后排有一位姓蔡的女同学，脸盘也比较大，性格开朗，同时表现出和她年龄不符的成熟。她是班主任喜欢的女生之一，做过班长。初中毕业之后再分班，我和她就不在一个班了。再后来，她成为我妻子的同事，在银行工作。再后来，她成了涟水著名酒厂的老板娘。前不久，我们在饭局上见面了，她还是像初中时那样侃侃而谈。我呢，从沉默寡言变成话比较多的人。不过，我仍然要强调一下，今天，如果大家谈的是我喜欢的话题，我的话才多，还经常主导聊天。相反，如果话题我不感兴趣，我宁愿一言不发。

在我课桌的后方，有一位来自涟城镇的女生——我的意思是她的家庭不是工人，而是做其他事情的市民。她的皮肤有点灰暗，这可能和她的身体有关，总是病弱弱的。她喜欢笑，不是对我，而是对着和她一样来自位于五岛公园南面居民区的人。她还是蛮漂亮的，事实上在来自驻军的同学加入我们班之前，她是最漂亮的。和蔡姓女生不同，她对公共活动不怎么热心，也不拒绝。所谓公共活动，无非是卫生值日、在学校田里劳动和去五保户家里做好事。这种不咸不淡的态度对我来说很有吸引力。可惜那时男女同学不怎么说话，她也不认为我和她是一个圈子里的。

和这位漂亮而显得病弱的女生完全相反的是一位漂亮而健康的女生，这位女生何止健康，简直让多数男生感到害怕。她是涟水体育场一位教练的女儿，她爸爸教体操，因此她练过体操。每次涟中举办运动会，她都会参加短跑比赛。在我眼中，她体育全能，开朗得令人生畏。如果哪位男生对她有点不敬，她会直接走到他面前教训他甚而推搡一下。高考那一年，她考上了南京一所大学的体育系。多年后，我在南京见到了她，直接坦承初中时对她有好感。她笑着说，你为何不早说？直到今天，她仍然做着中小学体育教育方面的事。

　　到了初中二年级，我们班来了一些插班生，他们来自驻军师部。许多人我都忘记了，只记得三个人。两个是男生，一位瘦而高，脸上有雀斑，皮肤也挺白。在所有军队学生中，他最成熟。他说话语速快，喜欢对要好的同学做点指导工作，他会说李淼这事你该如何如何做。那个时候，一下课，冬天我们就会出去晒太阳，或者盘起腿来斗鸡。夏天就会拉长橡皮筋发射纸做的子弹，互相射击，谁中弹三次就被淘汰出游戏。我们从教室内打起，翻过窗户再打到教室外，女同学们就坐在一边咔咔地笑。

军队来的还有一位男同学跟我关系比较近。他个子稍矮，脸稍大。他倒不喜欢指导我的工作，却喜欢和我分享。他哥哥在另外一个班，哥俩长得比较像。好多其他同学的名字我都不记得了，他俩的名字我还记得，一个叫李大连，一个叫李小连。他的父亲是参谋长，在师部算是比较高的位置了。有一回我们被邀请去他们家玩，这是一次不同寻常的体验。我们从来没有见过这样的住房，说白了就是我们现在的套房，有客厅，有卧室，还有厕所。在厕所里，我第一次看到了浴缸。那个浴缸里，放着几条活鱼，不是观赏鱼而是食用鱼。有那么一刻，我在想这个浴缸用来养金鱼倒是挺好。

军队来的第三位给我印象很深的同学是女的。瘦瘦高高的个子，两条辫子垂在军装上，很像现在那种怀旧的扮相。她有个中性的名字，黄晓军，难以相信时隔数十年我还能通过回忆想起她的名字。她皮肤比较暗，脸盘却很美。她会跳舞也会唱歌，一下子就将另外一个同样也很漂亮的军队女同学压了下去，理所当然地成了文艺课代表。可以说，在我们初二（4）班的男生眼中，她是唯一的班花。因为活泼好看加上有才艺，她是班主任和所有任课老师的宠儿。作为三号首长但在其他方面表现平平的男生，我只好在一边默默地看着她。

黄晓军经常在课堂上被老师点名站起来回答问题，她确实能够回答，因为这些问题并不难。因为她实在出挑，女生们有时故意孤立她。偶尔有这么两回，几个坏小子在放学的路上拦截她，当然她绕着走了。

这些军队同学都是一样地操着普通话。他们家长所在部队的番号和之前的那个师当然不一样，都是十二军的。遗憾的是，不久，之前的那个师又换防①回来了，他们就离开了涟水。正像《那些花儿》

---

① 换防，原在某处驻防的部队移交防守任务，由新调来的部队接替。

里唱的那样："他们都老了吧？他们在哪里呀？我们就这样，各自奔天涯。"中学其他同学原则上还能找到，而军队同学可以说完全失联了。

从初一到初二，英语老师一直是我们的班主任。他在我们班的主要责任包括：教英语课，决定班干部，放学之前给全班讲话——往往是训话，每隔一段时间表扬一些同学和批评一些同学，主持全班的一切其他活动。"一切其他活动"包括班会、大扫除、支农、政治学习等。有一个特别的活动，组织一些学生去老师家特别是他自己家做家务。

1975 年，很多事情在中国发生，我那时只有十三岁，完全懵懵懂懂。文学上我比较早熟，那个时候我已经订了《诗刊》，但社会上的事情我几乎完全不懂。我们就像河流中的一片叶子，随着水流漂来漂去。

2l. 集 市

　　我数次提到集市却没有认真写，现在来谈一谈涟水县城的集市。

　　县城的集市当然是全县最热闹的。县下面每个公社也有自己的集市，规模要比县城的小得多，我只去过两个公社的集市，小李集公社和大东公社。彼时一周休息的日子只有周日，周六是工作日，为了不影响生产，集市日就是周日。涟水的集市规定范围在大闸口南，五岛公园那条横街以北，包括这条横街。整个集市占了三条街：南北马路，五岛公园横街，以及从南北马路岔开的一条小街。

　　既然每次集市都在周日，人就特别多，县城的所有人都有时间赶集，附近的农民当然也有时间赶集。集市上，还会有零星的从废黄河南岸即淮安境内来赶集的人。

虽说集市规定在大闸口南，但大闸口北的一条横街上，有一小段是交易生猪的地方。每次集市，农民们将自己家养的大猪小猪用独轮车或者担子运到这里来交易，只听得满街猪的嘶叫声，还有很多猪粪。我们逛街往往回避这个地方，觉得太吵。偶尔，也有人会交易黄牛和水牛。很少有人将猪拉到不远处的食品公司去卖的，我猜测食品公司的猪都是从乡下采购来的。

在大闸口的南北上下坡两边，有一些小商贩卖大饼和油条，都是热气腾腾的，也有卖馒头和挂面的。农村来的赶集人舍不得花钱，就买一张大饼，到专门卖开水的地方买一碗水，咬一口大饼喝一口水，就算午饭了。挂面也不算贵，那时没有现在所谓的浇头，挂面捞起来放一点酱油葱花，呼啦啦地就吃完了。所谓美味，和饥饿程度有关，那时的一碗挂面的美味程度一点也不亚于现在的任何美食。

大闸口桥上桥下的那些水果贩，一如既往地将他们的筐子排开。在深筐上叠一个浅筐，将苹果、梨、桃、杏子放在浅筐里面，再洒上一点水。兜里不缺钱的人，通常会买几个完整的水果。像我这种学生，只好买那些烂了一半或者烂了一小半的。水果贩子一般不会将烂掉的部分预先挖掉，而是现卖现挖，估计怕提前挖了留下的部分很快会变色。这些水果，大概率是从城南果园批发来的。城南果园靠近废黄河，苹果树占地面积最大，后来也种植了很多葡萄。

说到水果，我就想起我爸会买一些，多数是苹果，拿回家放进米缸，上面用米覆盖起来。不久，苹果就被米催熟，香味压不住地从米缸里冒出来。在这些香味传出来之前，我已经偷偷了拿出一两个找个没人的地方吃了。他买的品种一般是香蕉苹果和红元帅苹果，现在已经不太流行了。偶尔，邻居们不知道通过什么渠道会成筐地买苹果，然后大家一起分了。葡萄流行起来是比较晚的事，大约在我离开涟水的前一年，在棉织厂大门外出现了卖葡萄的人，卖得非常贵。

集市上的商品也和后来的专门菜市一样，是成片成片按照品类分的。当你随着人流从五岛公园的大门向东走的时候，先看到用干草扎的扫帚和簸箕，接着是鸡毛掸子，也有卖碗筷卖缸和其他日用品的。这样一路走过去，中间会出现卖鸽子和兔子的。五岛公园路快到头的时候，是卖鱼的摊位，遇到好时候，五岛湖自家的鱼被捕捞上来，很大的鲢鱼、鲤鱼和青鱼被装在巨大的木盆里，挤得无法游动。此刻，很多人会买一条鲢鱼回家，都是好几斤重的，俗称大头鲢。大头鲢的肉嫩而鲜美，头也很好吃，一条鱼一家人一顿就干掉了。出了五岛公园路向北，南北马路上商店很多，摊位却稀稀落落。到了分岔出去的那条街，摊位开始密集起来，赶集人又形成了人流。这里卖的一般是蔬菜和鸡鸭，也有手工艺品如剪纸什么的。卖布鞋和鞋底的顾客也不少，毕竟很少有人家有一个我外婆那样自己会浆鞋底纳鞋底的人。

偶尔，我们能看到几个外来的人卖旧皮鞋。他们不是一只一只地卖，而是将很多旧皮鞋放在一起卖，怎么也得有上百双，大人的小孩的男的女的都有。很早以前，我们住在东北大宿舍的时候，就看到过一两次这样卖皮鞋的。如果你想买，就在鞋堆里一只一只地挑，挑好了一只，鞋贩子会帮你找到另一只。现在回想起来，那些旧鞋子应该是鞋贩子在大城市收购来的。多年以后，我在罗马的集市上也看到了卖旧鞋的，还有卖旧衣服的。

在人挤人的街上，有时头一抬，会看到熟人。彼此打一声招呼，接着各走各的路。

我逛集市完全是觉得好玩，我又不是家长，才不会在那里采购什么东西。唯一的例外，有一次我在集市上买了一只白兔子。这样，在养金鱼玩鸽子之外，我还养了一回兔子。养兔子不是觉得它看上去可爱，而是以为可以剪它的毛去卖。当然，我没有在兔毛上赚过一分钱。

22. 春节

20世纪的春节气氛再也回不来了，这是大家的共识。可以说，随着物质不断地丰富，老式春节的氛围越来越淡。到了今天，应该不会继续淡下去了，否则春节就彻底消失了。春节当然不会彻底消失，这是中国人一年下来唯一可以休息、放松以及和最亲近的人好好吃饭、认真聊天的机会。

60年代和70年代的春节，对我来说最值得期待的是换新衣。尽管一年内也有几次机会换新衣，春节是换得最多的，至少外衣要穿上全新的，鞋子也是全新的。穿上新鞋子，觉得走起路来都轻快。去邻居家拜年，一般是坐下来享受大人给的糖果、花生，以及三种最常见的点心：云片糕、油炸果子和小麻饼。同样，别人家的小孩到我们家，我父母也拿出同样的东西，通常放在一个托盘里面，吃不完可以带走。

春节期间家里也做饭，却比平时次数要少一点，炒菜的种类要多得多。那么，怎么弥补少做的饭呢？在送灶那一天，所有家庭都在和面做馒头做包子。馒头和包子做得实在太多了，家里的炉子根本来不及蒸，大家都去厂里的食堂。那个食堂就是我说过的大食堂兼大会堂。平时不怎么忙的食堂这一天一夜忙得不可开交，里面都是人。大人将自己做好的馒头包子一箩一箩地搬到食堂，有序地排队。食堂的大蒸笼很大，叠上去一次可以蒸好几家的面食，何况这样的大锅有好几个。每年，我都会去围观大人们忙活蒸面食，一直到实在撑不住瞌睡了才回家。

我家邻居中有一家女主人是会计，儿子和我差不多大，男主人是涟中的物理老师，陈老师。他们比较有钱，爸爸妈妈喜欢精致的生活。每年春节，他们家一定要做年糕，里面必然有猪油年糕。这种享受，在我来说完全是不可企及的。陈老师别看是教物理的，手还挺巧，他们做馒头的时候会做一些小兔子模样的馒头。至于我们家，做的都是最普通的大馒头，还有普通的包子，菜包子和肉包子。那年头，猪肉都是凭票供应的，春节期间要多一些，即使如此，菜包子还是远远多于肉包子。

每家每户另一个重要的程序是买来很多生猪油熬油。猪油切成块放进热锅里，眼看着一块块猪油慢慢变小，慢慢变黄，锅里的液体油也慢慢变多。继续在锅里加入切成块的猪油，最后，锅里都是液体猪油，被榨干的固体猪油变成小小的渣子漂浮在上面。这些渣子叫猪油渣，简称油渣。我们当时会捞几个油渣吃，又脆又香。其余的油渣可以拿来炒蔬菜。

液体猪油倒进罐子里，慢慢凝结成白色的固体。猪油可以用来做菜，比当时流行的菜籽油可香多了，另外猪油菜饭是我外婆拿手的。

春节期间自家吃的炒花生和油炸果子，各家都自己准备，不会去买。炸肉圆子和油炸果子用的油不能是猪油，必须是菜籽油，偶尔也有花生油。炸这两样的时候，也是我们最欢乐的时候，现炸现吃。

除了贴春联，鞭炮一定要放的。鞭炮和其他年货一样，都是在春节集市上买的。我们通常买几挂比较长的小鞭炮，外加几十个二踢脚——在涟水叫大炮仗。至于年画，只能在新华书店买。等馒头包子以及以上说的所有都准备好了，我们就等着过年了。

我不记得那时我们会在大年三十吃年夜饭，这个习惯应该不是普遍的。年夜饭是不是通过春晚推广开来的？这件事值得考证。大年三十，我家炸肉圆子，我们在一边等肉圆子，这样就吃饱了。一般来说，大年初一的早上才是最重要的，我爸爸在大家还没有起床的时候，就爬起来到门外放了一挂鞭炮（我们叫小鞭），然后我们才起床，穿上新衣服，吃上一碗水糕。接着，跺跺脚，出门走邻居去了。

踩着冻得板结的土地，到人家喊几声新年好，和人家的孩子同时是我们的玩伴，开始吃花生和糕点。

接下来几天，当然有丰盛的午饭和晚饭，一年节省下来的钱、好米好面、食油和猪肉是留给这些天消耗的。家庭宴席肯定不是最丰盛的，最丰盛的应该是厂里的团圆饭。我从来没有参加过，非职工没有资格参加。为什么我觉得厂里团圆饭最丰盛呢？每次结束后我妈回来总是描述有多少菜，谁和谁喝了酒，大家都说了多少次"得吃得喝"。

我爸不会喝酒，几杯酒下肚脸就会红，不能喝却好喝，平时是不喝品牌酒的。我帮他做得最多的事除了买烟就是买酒，手里拿着一个搪瓷杯，去东北大宿舍附近的一家小卖部给他打上一杯山芋干酒。这酒便宜却很烈，我们都叫山芋干冲子。当地的品牌酒，有洋河酒、双沟酒、汤沟酒和高沟酒。高沟酒产于涟水的高沟镇，即今天的今世缘。

有一两次，我爸喝高了，觉得自己活不长了，在那里一把鼻涕一把泪地叮嘱邻居，交代后事。我就觉得特别搞笑，我弟弟那可是吓坏了。

现在全国人民甚至一些外国人都知道淮扬菜。奇怪的是，我那时不知道还有什么淮扬菜的存在。也不奇怪，在物资匮乏的年代，清淡而精致的淮扬菜需要的食材很多都没有，或者说很多都不容易找得到。就说清炖狮子头，肉不是普通的肉，而是猪腿肉，肥瘦各半。其他辅料包括蟹肉和蟹黄，去哪里找？还有各种黄鳝的做法，也需要不常见到的黄鳝。我们那里黄鳝叫长鱼，偶尔能见到，做菜的人将活着的黄鳝的头钉在木板上，用锋利的刀剖开黄鳝。最便宜的是大煮干丝，辅料中鸡丝和笋片好找，火腿就不多见了。

尽管好多食材找不到，最著名的大杂烩在春节一定是吃得到的。杂烩里面含有但不限于：皮肚（炸猪皮）、蛋饺、黄花菜、猪肉圆、鸡糕、山药等。说一下皮肚、蛋饺和鸡糕的制备，这三种料其实也可以单独吃。平时，买猪肉的时候，将一块肉的猪皮留下来，风干。要吃的时候，将风干的猪皮放进油锅，慢慢地猪皮开始膨胀，里面出现很多气泡。炸好的猪皮直接放进嘴里都可以吃，又香又脆。蛋饺是鸡蛋皮包馅做成的饺子。蛋皮的做法，用蛋黄打开掺一点淀粉和水搅匀，放进油锅里摊成薄薄的皮。最后，鸡糕是非常细的活，我家能花一晚上做它。用鸡胸肉和肥肉再加一点鱼肉，放进山药等辅料，用双刀斩成细细的肉末，这道工序最费力。肉末做好了加入鸡蛋清和料酒，和成黏黏的糊状，再放进蒸笼蒸熟。鱼糕也是类似的做法。

另一种春节常见的美食是风鸡，家家都做。用一只又肥又大的公鸡，杀好后在鸡膛里放入五香等各种调味品，封起鸡胸膛。在整个过程中，公鸡的羽毛要保持完整。这只公鸡被这样料理后就用报纸裹起来，挂在窗户通风处，一挂就是好几个月。要吃的时候，拿下来拔毛，此时毛很容易拔，再放进锅里蒸一下。风鸡的味道极美，现在回淮安和涟水再也吃不到了。首先，大家都住在高楼里，自己做风鸡太麻烦；其次，商家也觉得做风鸡的周期太长，不合算。

那些清贫的岁月，被春节的浓墨重彩渲染得一点也不显得清贫。在我上大学之后，改革开放开启，每次回涟水过春节那是一年比一年吃得好。

春节过后，我们是一定要去瓦滩的。如同往常一样，我和妹妹坐在爸爸的自行车后座。那个后座当然不足以容纳两个小孩，我爸就将洗衣板绑在后面，就可以坐两个人了。弟弟稍微大一点的时候，在大杠上面放一个小孩的座椅，弟弟就坐在前面。每逢过节下乡，我爸总要准备一点礼物，春节尤甚，无非是若干包白砂糖，一些云片糕、油炸果子和小麻饼。

在去瓦滩的路上，也会路过一些亲戚家，大东那个时候是瓦滩上面的公社，我家在那里有两个亲戚。到得这些人家，没有例外地给我们泡一碗水糕，拿出一点零食。平时我们下乡，我妈未必和我们一起去，春节之后她肯定要去的，她会单独一个人骑着一辆自行车。

等我自己也会骑车了，我拥有了一辆自己的自

我不记得那时我们会在大年三十吃年夜饭，这个习惯应该不是普遍的。年夜饭是不是通过春晚推广开来的？这件事值得考证。大年三十，我家炸肉圆子，我们在一边等肉圆子，这样就吃饱了。

行车。我家自行车最多的时候有三辆，一到晚上搬回家，很占空间，也不得不如此，自行车的价格是几个月的工资。我记得，在坐爸爸自行车后座的时候，我会无聊地数着电线杆，盼望赶紧到达目的地。等到我自己骑车了，我反倒不去数电线杆了，我会数路边灌溉渠的小桥。我的童年的一些场景，被我写进孙伯纶演唱的歌曲《漫长的童年》中。

邻居王叔叔是县里的秘书，写得一手好毛笔字，除了跟他学习写诗，我还跟他学习写字。写诗我很快过关，甚而不久就看不上王叔叔的诗了；写字我却一直跟不上他，直到今天我的毛笔字也不标准。

我们小学时在学校就练过字，就是所谓描红。正如学习其他技能一样，练字只是装装样子。举个例子，我们小学时也学过珠算，背好口诀"一上一，二上二……"，慢慢打过几次算盘，不久老师就不再管了。学习简谱同样如此，将学时填满了，之后没人再来问起你到底有没有学会。描红相对有点特别，有家庭作业。将作业交上去，老师用朱笔来批，描得好的字老师就用红笔在字上画一个圈。谁的作业本上圈多，谁的分数就高。

跟王叔叔练字练了一阵子，到了春节，本来是他给我们家写对联，就换了我写。有一两年我还给邻居写了对联。我提供几个文字候选让他们挑，挑中了我再蘸墨写就。

毛笔分狼毫和羊毫，以及比狼毫和羊毫更好的紫毫。我只用得起狼毫和羊毫，前者是黄鼠狼的毛做的，颜色是黄色的；后者是羊毛做的，颜色是白色的。狼毫比较硬，好用但笔画不好控制。最近我又恢复了练字，不再用毛笔了，用的是钢笔，字也是硬笔字体，相对容易写得好。

在我注意到王叔叔的春联之前，每年春节前我喜欢围观集市上卖春联的人现场写字。有的人写很正规的楷书，更多的人写那种花式字，用几支笔蘸了不同的颜色写，一个字写下来里面有花鸟的形象出现。其实这种字经不起认真看，普通人却喜欢买，图个新鲜。

23. 几位同学

我已经写了好几位初中同学，这些同学只在学校里和我有交集。在学校之外还经常一起玩的同学很少，可能和我比较孤僻的少年性格有关。随着长大，我的朋友越来越多，性格也就慢慢变得开朗起来。

最初一位形似我老大哥的同学是小学同学，名字叫谭和平，大名和我的小名一样。现在我想起来还觉得这是我真正的哥哥。那时我小，除了五年级开始读小说以外，几乎完全懵懵懂懂。这位同学的家在我家的北边，他去学校的路上可以拐进棉织厂来等我。至少有两年，他几乎每天都来到我家，坐在凳子上等我。我很信赖他，因为他个头大，也比我知道的事情多。我妈却觉得人家不可靠，原因是谭和平家里是涟城镇居民。这很奇怪，工厂里的人觉得市民不可靠。我也去过谭和平的家，一家人都很实诚。五年级之前，所有好玩的玩具，都是谭和平推荐给我的。等我升入中学，他好像没有继续读书，回家和父母一起工作去了。

在大闸口那条河里游泳，应该是谭和平率先做的。一开始我学狗刨，从能游几步到能游一段距离，这个时候谭和平貌似我的教练，总是在前方等着我。不久，我就能横渡这条河了。接下来，就是练习跳水。跳水最好的地方就是大闸口，闸门中央有一个水泥台，比较宽。爬上台去向下跳，台有四五米高。后来，我跳得像模像样的，自然是没有任何难度的动作，就是向前跃起再向下扎的动作，这在电影《芳华》里有，我们跳得一点也不比萧穗子差。

我提过被我妈罚跪的事就发生在一次跳水之后。那天有人在废黄河里淹死了，恰好我们跳水被一位棉织厂的职工看到，我就被我妈惩罚了。那次跪着的不雅情景也被我的女神赵小五看到了，她还发出了几乎听不到的哧哧笑声。

到了涟中，谭和平被一位家里有四兄弟的老四所取代，他叫王德勤。很多次上学，王德勤取代了谭和平到我家等我一起走。

王德勤的一个家几乎和谭和平的家在一排宿舍里。或者可以这样说，他家有两个地方，一个在平行于涟水南北马路的宿舍里，一个在离此不远的另一个宿舍里。也不知道为什么，涟水有很多供普通市民居住的宿舍，这些宿舍通常就是一排砖瓦房。那时，涟水的南北大路、东西大路两边都有若干排这样的房子。

王德勤的大哥一家和父母住在平行于南北马路的房子里，我们偶尔会去那里玩。王德勤自己和另外两位哥哥住在另一个房子里，那里才是我们通常玩耍的地方。说玩耍是以偏概全，我们也会在那里写家庭作业。到了初中，我的智力慢慢开发了，通常做得比他好一些。尽管他比我大，因为我的作业做得好，他会毫不吝惜地夸我。同样是普通市民家庭背景，这一次我妈倒是很信任王德勤了，也许是因为我不再像跟班小兄弟了。

我和王德勤玩得最开心的是钓虾。他三哥有好多钓虾的沙兜，是四方形的纱布做成的兜，系在一个竹竿上。钓虾的时候，用炒熟的麦麸抹在沙兜中央，将沙兜放进水里。过一顿饭的工夫，将沙兜提起来，每个沙兜里面都有几只活蹦乱跳的虾。就这样，花上半天，就能钓到不少虾，至少够炒上一碗的了。

王德勤的哥哥还有气枪，是通过压缩气体来推动枪子的枪，枪子就是一个个小小的铅丸。拿着气枪，我们转悠了好多地方，试图打几只麻雀，确实也打了几只麻雀，却不够炒一碗的。也会遇到比较大的鸟，却一只也没有打到。有一次，我们在王德勤家门口的那个池塘里钓虾，同时拿着那把气枪乱打。不一会儿，池塘对面一个路过的农民冲着我们喊叫，说刚才我们打到他了。我们吓了一跳，幸好气枪的射程不远，否则就出事了。那次，我们还是收获了一碗河虾。

王德勤不仅在初中和我一个班，到了高中还是一个班，高考前冲刺，很多时候我们还在一起交流。他是一个特别好学的人，不过后来去了糖盐烟酒公司工作了。现在，他早已拥有了一家自己的糖酒公司。

初中和我关系密切的第二个同学姓姜。他家住在食品公司，其实基本就是肉联厂，在大闸口西南。食品公司紧靠灌溉渠，姜姓同学家的宿舍翻过墙去就是灌溉渠。这是大闸口的上游，有不少船民的船，我们有时从他们的船上向河里跳水，有时会站在岸上的水泥坝上向河里跳水。姜同学的妈妈是肉联厂的会计，因此他很受同学欢迎，他可以帮助大家弄点肉票什么的。我记得很清楚，改革开放之前，很多年里猪肉一直是七毛三分一斤。这个价格和一个学徒工的月薪十八块相比并不便宜，却供不应求。同学们经常学着一位从上海来涟中教书的女老师的口吻打趣姜同学——"姜某，帮我买一斤猪肉"，带着上海普通话的语调。涟中老师的薪水和学徒相比相当可观，而这位女老师和她丈夫都是大学生，两人工资加起来过了一百块。

食品公司里有几个很大的厂房，里面是成群的猪，黑色的白色的都有。这些猪不是食品公司自己饲养的，都是从农村采购的。我家农村亲戚每家都养猪，猪圈往往在自留地边上，方便将猪粪压到田里。我也帮助亲戚打过猪草，都是那些比较鲜嫩的草。这些草和一些废弃的蔬菜放在一起用刀剁碎，和着剩饭剩菜和刷锅水一起喂猪。

食品公司卖肉的地方是公司外边的一个大棚子，入口处有排队的地方，大家手里拿着肉票闹哄哄地挤着排队。其实，集市上也有肉贩子卖肉，但集市要一周才有一次。肉贩子将半爿猪放在案子上，买猪肉的就指着某部分说要多少多少。肉案子上方，一排钩子挂着切好的猪肉，还有猪内脏什么的。想买到瘦猪肉，需要早点去集市。食品公司的猪肉肥瘦就没得挑了。

后来我们都大学毕业了，姜同学家自建的房子跟我们家自建的房子紧挨着，这些房子附近一个池塘就是我当年喜欢采鸡头菱角的那个池塘，我却失去了继续探索的兴趣。我女儿在这个自建的房子里一直住到五岁。

在初中，我的邻桌有一位男同学来自县医院，他父亲是著名的大夫，和我一样姓李。他家比较宽裕，于是他成了经常跑校门口小卖部的人之一。买回花生或者什么，他总要分一点给我，说："来，香香嘴。"所谓"香香嘴"，就是给我几粒花生的意思。

有那么一段时间，学校不知道哪里来的热情，开始搞学生食堂。没有住校生，学生食堂只提供午饭。我家住得比较远，我就选择中午不回家，在学校吃午饭。我只坚持了两个月不到，学生的米饭煮得比较烂，菜的品质就更不要提了。如果是白菜猪肉，猪肉基本上是肥的。每一次菜总要剩下不少，被我们倒了。这事给班主任知道了，他免不了要板起脸教育我们一通。县医院的同学比较好奇，也留下来吃了两顿，当然就不肯再吃了。

午饭后有意思的活动，除了组织用铁丝做的枪打仗，就是探索南门大堆下挖的地道。70年代初，有一阵子全国号召准备打仗，地道和防空洞挖了不少。涟水适合挖地道的地方就是废黄河边上的南门大堆。这个高高的土堆本来是用来防止黄河泛滥的，后来黄河改道了就留下成了一个景观。拿着手电，我们进入地道口，好奇又害怕地慢慢向前走，七拐八拐地，有时会遇到死胡同，有时会遇到从另一边来的同学。

一直听说棉织厂有一个巨大的防空洞，就在篮球场下面，容得下全厂人钻进去躲避核弹爆炸和辐射。甚至有人指着球场外的一个很大的下水道盖子说，将盖子揭开来，下面就是防空洞。没有人进去过，这个传说就像五岛公园湖里的那个通往东海的蛟龙洞一样，永远是个传说。

24. 唐宋八大家和零件俯视图

将唐宋八大家和零件俯视图放在一起，读者肯定感觉怪怪的。这一节我想谈谈初中我们的语文学习和理科学习。

初中物理课并不是从牛顿力学开始学起。我记得十分清楚的是我对牛顿三定律的第一次接触，是读恩格斯的《自然辩证法》，在新华书店买的，从那里我也第一次接触了微积分。不学力学、电学等传统内容，那学什么呢？1976年以前，中小学教育提倡理论联系实际，实际就是工业和农业，于是课本里就出现了机器零件的俯视图和侧视图。

语文课本的课文选择即使现在看也还是不错的。一定有鲁迅的文章，《一件小事》《从百草园到三味书屋》等。当代作家的文章偏多，唐宋诗词有一些。文言文所占的比例不多，像《爱莲说》似乎是传统课文。有几个作家给我的印象平平，如叶圣陶，他的文章选多了，导致我后来再也不看他写的书。至于唐宋八大家，选得非常少，柳宗元的《捕蛇者说》是有的。苏东坡那些美文，全靠自己去读。

《史记》的文章会选一些，像《陈涉世家》，这是第一个农民起义领袖。给我印象特别深的是《陈玉成》这篇课文，我们都会背这篇传记的开头："陈玉成，广西藤县人。天王起兵金田，玉成有诸父曰承镕者，从天王起兵，玉成乃就承镕于军中。诸王皆器之。"这种写法简单明了，朗朗上口，是最初不知不觉地影响了我的写作的文章。

至于《陈涉世家》，也不必多说，同样影响了一代又一代人。谁能不记得名句："苟富贵，无相忘。""嗟乎！燕雀安知鸿鹄之志哉！"

那时，总有几个气味相投的同学，晚上聚集到一位同学家里，聊天，写作业，以及读书。这里面有跟我形影不离的王德勤，也有食品公司的同学，我们三人组成"常委"，其他人不定期地参加。唐宋八大家的名篇，就是在这个"学习小组"上阅读并且背诵的。我们先拿出那些各种零件的侧视图和俯视图学习一下，这用不了多少时间。其实，我们对不少零件都有感性的认识，大家都在工厂劳动过，也就是勤工俭学。要我们绘图纸那是不可能的，要求太高了，要求我们将图纸和图纸对上，那很容易。对于工厂的工人来说，看懂图纸是做零件之前的第一个步骤。

接下来大家就分享最近读过的文章。我有一本唐宋八大家的集子，会给大家朗读最近读过的文章，其中苏轼和柳宗元的文章占比多一些。这两个人的文章文学性最强，也相对平白易懂。就次序来说，当然韩愈排在第一，他也是首倡复古文风的人。所谓"文起八代之衰"，也就是将自东汉以来直到唐朝以前的文风一扫而空。文章当然是好文章，但韩昌黎 [①] 议

---

① 韩愈自称"郡望昌黎"，世称"韩昌黎""昌黎先生"。

论政治和时事的文章太多，对我们这些毛头小儿来说实在太枯燥了。其次，韩愈和朋友的通信也不少，言多琐事，也多涉及各种教训，读起来可能更加觉得和自己无关。当然，韩愈的墓志铭之类的文章也多，那是他用来挣钱的手段。

和韩愈同时代的柳宗元的文章就轻松多了，他的游记也好，传记和寓言也好，读起来都很有味道，也容易记得。和宋六家相比，柳宗元的游记写得有点过于精巧凄清。

我最喜欢的自然是苏轼。此人的散文在我看来是唐宋八大家中的第一，对我影响最大的是《前赤壁赋》，这篇中等篇幅的散文我也全篇背诵过，是我在"小组学习"中背诵过的散文之一。他的政论文章当时没有怎么看，现在再回去读他的人物评论，才知道天才也有短板。他对秦汉人物的评论透露出天真和想当然，比如他夸赞义帝的用人；再比如，他说张良刺杀秦始皇侥幸逃脱实在太危险了，后世都知道张良是请了大力士来刺杀始皇的，而他自己是不是远远地躲起来我们不得而知。

我个人对苏轼的评价是，美食第一，书法第二，文章第三，词第四而诗第五。可能会有人觉得我这个排法有点搞笑，他的美食怎么会排在第一？其实，在苏东坡之前，中国人是不怎么吃猪肉的，羊肉的价格在猪肉价格之上。苏轼自己有一首诗写道："黄州好猪肉，价贱如泥土。贵者不肯吃，贫者不解煮。早晨起来打两碗，饱得自家君莫管。"再过一万年，他的诗文人类可能读不懂了，他的东坡肉和东坡肘子还会有人吃。至于将书法排在第二，我觉得也是合适的，苏黄米蔡，在唐朝各大书法家之后，苏轼的书法应该是独树一帜的。其实苏轼还作文人画，这个人确实是罕见的全才。

少年时代我只懂得欣赏苏轼的诗文，能够欣赏他的其他才能是很晚之后了。天才代代有，他能够幸运地生在北宋，既是他的幸运，也是北宋的幸运。北宋是经济发达文化昌明的时代，出现了很多大文学家，也出现了不少发明家。即使皇室，也有宋徽宗这样的书法家兼画家，甚至宋高宗也是一个很不错的书法家。

在那些岁月中，我们背诵李杜的诗，苏东坡的文章，也背诵欧阳修的文章。在八大家之外，还背诵了王勃的《滕王阁序》，杜牧的《阿房宫赋》，范仲淹的《岳阳楼记》。也不必去读太多的古文，有了这些美文打底，语言的底蕴就埋伏下了。有趣的是，这些年来，我经常尝试去读萧统编的《昭明文选》，多数文章是不想读下去的。学习文学和学习其他学问一样，找最优秀的影响最大的作品阅读就够了。

也是命运使然，在那个自由自在的中学岁月，我们没有课程压力，更没有繁重的作业压力，我们自愿地为自己打下了文学基础。那时根本不会想到，在接下来的很多年里，我们各有各的目标，没有太多的时间用来阅读传统文学了。

在读了很多历史之后，我对李白苏轼这些改变了一个民族的语言和文学的人产生了一个疑问，他们是如何出现的？是正常人通过努力，还是比较聪

那时，总有几个气味相投的同学，晚上聚集到一位同学家里，聊天，写作业，以及读书。这里面有跟我形影不离的王德勤，也有食品公司的同学，我们三人组成"常委"，其他人不定期地参加。唐宋八大家的名篇，就是在这个"学习小组"上阅读并且背诵的。我们先拿出那些各种零件的侧视图和俯视图学习一下，这用不了多少时间。

明的人通过努力？显然都不是。那么，他们是真正意义上的天才吗？中国人倒历来相信天才的存在，现代人不怎么信，尤其有了心理学和其他相关学科之后。很久以前有一本书，里面列举了不少著名人物是如何通过努力成为一个领域的大才的。在另一本书《异类》中，畅销书作者格拉德威尔提出了著名的一万小时定律，同样认为用功才是不二法门。

有意思的是，李白被称为"谪仙人"，苏轼被称为"坡仙"，这是赞美他们都是天才，是文曲星下凡。李白的同时代人魏颢在《李翰林集序》小序中这样描述李白："眸子炯然，哆如饿虎。"这个样子看上去确实像躁狂症发作的症状。过去数十年，人们对躁狂症、躁郁症与艺术天才和科学天才之间的关联研究得很多。

25. 地震

在初中临近毕业时，接下来发生的很多事情将彻底改变我们的人生。

我间接地经历过两场大地震，第一次是唐山大地震。这次大地震之后，全国人民处于震惊和不安定之中。关于地震云，以及一些动物在地震之前会出现反常表现的说法到处都是。有些纪录片教导人们如何用土办法预测地震，例如观测井水，如果井水变浑，就是地震快要发生的征兆。学校也进行了几次防震演习。

家家户户搭起了防震棚。棉织厂在篮球场也搭起了一个巨大的防震棚，里面住满了形形色色的人物。开始的时候，大人们还热心住在大防震棚里，时间长了，因为来回抱被子这类事情的不方便，他们慢慢搬回家去了。留下我们这些半大小子还赖在里面，大家都觉得好不容易在大棚子里住在一起了，不如一直住下去。

其实，江苏离唐山远得很，按理说不必这样大动干戈地防震。也许是唐山的灾难太大了，也许是当时社会的神经已经绷得太紧了，人们都自发地这么做。本来，棉织厂不少人家在门前都搭了一个小屋子用来做饭，这一次干脆将小屋子拆了改建成一个更大的防震棚。搭建防震棚的材料都是从厂里领的，无非是木头和油毡。球场那个大防震棚用的不是油毡，而是巨大的帆布，比油毡更加结实。

我们家简单直接，本来的六口人，干脆有两口人搬进门前的防震棚里住了，我妹妹和我姨姐。这一年，我外婆早已回到了久别的白蒲姚家园，我的姨姐从那里来到了涟水，在棉织厂当纺织女工。这一年我十四岁，她十六岁。不知道为什么棉织厂会接受一位十六岁的人当职工。反正，她放弃了高中毕业，选择了当工人。在当时的环境下，这当然是一个好的选择。

白天，我会在家里的小防震棚和厂里的大防震棚里转来转去。姜小六子，我的高中同学，他住在大防震棚里，家就在球场附近。他篮球打得很好，现在完全失去了用武之地，只好没事和我在大食堂打乒乓球。我基本是输家，因为这家伙的肌肉记忆天生的好，力气也比我大得多。好在，我读书的能力比他强，我们各有互相交换的资本。

现在是提一下我的另外两个好朋友的时候了。在姜小六子家的同一排，住着一家有两个男孩的职工，兄弟俩年纪差得不多，比我也小不了多少。这俩尹姓兄弟在地震前经常和我们一起打篮球，在防震棚占据了篮球场之后，也只好选择了打乒乓球和打扑克。1977年秋天之前，我们的厂外活动基本全部终止，什么捉鱼钓虾、放鸽子、钻地道、组织两派打仗玩，都没有了。尹姓兄弟的老爸是我们心目中的英雄，心灵手巧，时而学木匠，时而学无线电。

学木匠的时候，他们家家具都是他打的；学无线电的时候，拿着烙铁给自家做了个收音机。如果那时街上的商店有电视机的零件卖，我相信他能给自己组装一个电视机。

从初中到高中，我一直梦想能动手自己做一个收音机，这个梦想一直没有实现，主要是缺钱。早在上小学甚至没有上学的时候，我梦想有一盒积木，也没有实现。等到上了中学有了点钱可以实现积木梦想的时候，搭积木比起养金鱼养鸽子就显得太小儿科了。等我在高中因勤工俭学有了一些零花钱可以买烙铁和电阻电容的时候，我们的精力又转移到了学习上。

说起勤工俭学，从初中开始一直到恢复高考，每个暑假我都干。在棉织厂做的事五花八门，帮助浆染车间晒过纱，也在质检车间擦过钢筘。钢筘在织布机上用过一阵会生锈，里面也会填上脏东西，将钢筘清理干净是一件既枯燥又累人的活，我在质检车间干过几天就再也不想回去了。做临时工等于干杂活，我和很多大人小孩将一堆堆烂砖头用榔头砸成碎片，至于碎片有什么用处却不知道。在砸砖头的时候，我们聊起了钱学森和华罗庚。有人说，华罗庚的数学好到看一眼碗里的米，就知道这碗米有多少粒，这就是我们初中生对数学的认识。厂里盖房子，我们也帮助给泥瓦匠递砖头，帮忙搅水泥，甚至还帮忙砌墙。有一个半天，我还摇过绳子，有专门的摇绳机，将麻皮放进去，绳子就能摇出来了。

在棉织厂做临时工最好玩的当然是在加工车间帮助做零件，只有简单的零件才交给我们做。这时，车床、钻床和砂轮机就要开动起来。中午和傍晚下班的时候，每个人做的零件要检验合格率。

地震的前一年和地震当年，我去机械厂打工。我爸早就从化肥厂调到机械厂了，做副厂长，这是他职业生涯的最高点。在机械厂最累的活是清理翻砂车间翻出来的铸件，铸件还有一些热度，表面上还留存不少砂子。所谓翻砂，就是用砂子做成模具，然后将铁水倒进去冷却形成铸件。我清晰地记得，中午下班后骑着车子回家吃饭，略微休息后，听到棉织厂的钟声，再赶紧骑车去机械厂继续干活。

想起棉织厂的钟声，就想起那口一直吊在离厂门不远的钟。那口钟的形状不是我们所熟悉的下面张开大口的钟，而是看上去像个炮弹的形状。也许真的来自一个炮弹，传达员用锤子敲上去会发出清脆的声音。暑假打工，我才体会到工人的无奈，估计他们最怕的就是钟声了。骑车路过那口钟，出门上南北马路，一直向南骑，左拐上东西马路再骑上两里路，就到了机械厂。在到达机械厂之前，我总要路过无线电厂，总憧憬着哪一天去无线电厂打工或者上班。这个梦，到今天也没有实现。

1976 年夏天勤工俭学不久，地震就发生了。那年夏天是我最后一次打工。

26. 高考

在防震棚里恍恍惚惚不知不觉就到了 1977 年。这一年，躺在我家防震棚里，我从收音机里收听了所有关于全国科学大会的新闻。不久，恢复高考的新闻就传遍了天下。

其实，升了高一之后，我们就开始认真读书了。我的物理老师姓卢，瘦瘦的，开讲之后不一会儿他的嘴角就会出现白色的泡沫。他讲课时十分投入，他在黑板上画电路的样子今天还如在眼前。没错，在恢复高考消息出来之前，我就知道串联电路的电阻该怎么算，并联电路的电阻该怎么算。用不了多久，我成了班里物理和数学最好的学生。

我们邻居陈东生老师本来是涟中的物理名师，

那两年被借调到隔壁的教师进修学校给农村的中小学老师上课去了，一直没有机会跟他学习物理。夏天多了防震棚也有坏处，大家很少聚在一起坐在凳子上天南地北地聊天了，也就没有请教的机会。

化学成绩最好的不是我，而是一位姓郑的同学。我一直不喜欢死记硬背，化学反应式恰恰需要背。在郑姓同学之后，化学成绩第二好的就是我了。在物理课上，我经常被卢老师表扬；在化学课上，郑姓同学经常被化学老师表扬。化学老师也是一位被同学们爱戴的老师，从来不批评学生——史老师总是微笑着，个子高高的，略微驼着背。

在初中，我最喜欢的是文学；到了高中，完全出乎自己和家里人的预料，我最擅长的居然是物理和数学。在别人看来很难的物理题，在我这儿不算什么。从那些电路开始，我的大脑中负责理科的部分忽然开窍了——也可能，那部分早就开窍了，只是没有被用过。接下来，就是电磁学中的各种定律包括楞次定律和法拉第定律。说到数学，有那么一天，路过涟中北边的教师进修学校，一些成年人在教室外面听一位老师讲课。那位老师正在讲幂函数，从一个整数的整数次方开始讲，然后是有理数次方。旁听了好一阵子，我数学的神经回路也打开了。

在东北大宿舍，我家宿舍上面架了一个棚子，将一些不常用的东西放在上面，节省了很多空间。家搬到厂区之后，尽管我家建了一个"违建"房间，空间依然不够用，很快也搭了一个棚子。没事拿了梯子爬上去，将我妈的一个木箱子打开，里面都是当年她在无锡读书的一些课本，也有一些其他书籍。高中之前，我看语文书和小说。到了高一，慢慢开始看其他课本了。涟中的物理课不能满足我之后，我读了我妈在无锡轻工业学院读书时的物理课本，里面有热学和麦克斯韦统计什么的，甚至有点微积分。那时，我们买不到正经的微积分课本，我从恩格斯的《自然辩证法》里学了一些微分。

很多物理和数学的学习是在防震棚中进行的。过去我和姜小六子打扑克，现在我和他一起看课本以及数学物理课外书。学校提供的课本以及油印的习题早已不够用了，我们想方设法找来补充读物。举个例子，我们不知道从哪里找来了许莼舫的平面几何书。前面提到的《自然辩证法》应该是在新华书店买的。记得最后我居然读到了多重积分，具体的书名完全忘记了。

恢复高考后，涟中开始办一些补习班，很多往届生和返城知青都一窝蜂地涌来上课，我也会站在教室的窗户外面旁听一些。这种完全自觉的学习，让我在升到高二后理科成绩经常领先全年级。1977年底，国家允许一部分人提前参加高考，我报名了。可惜，虽然我过了全国统考的分数线，但对非应届提前参加高考的学生，分数线要高一些。

没有被录取，我非常失落，站在棉织厂大门外看向田野，思索我的前途在哪里。这种短暂的失落心情是我一生的心理特点，它不会持续很长时间，过一两天最多一周就会彻底消失。没有成为77级大学生，我就继续学习，准备高考，同时也参加各种数学和物理竞赛。过了几个月，高考成功了，我是涟水县理科第一。在拿到录取通知书后，心里有一种好险的感觉：如果不是 78 级大学生而是 77 级大学生，我上的大学一定不会很好。

27. 再回首

　　我爸送我和一位大我六岁的姐姐到徐州乘火车的时候，还有一个月我才十六岁。我怀着满腔憧憬，却并没有一丝对家乡的恋恋不舍。毕竟，这是我第一次坐火车，第二次出江苏。我要离开那个古老又清贫的小城了，我要去北京的著名大学读书了，我想实现我的科学梦。我没有想到那个养我长大的小城有一天会成为全国百强县。和我一起去同一个大学读书的姐姐选择的是法律，她的家乡也是涟水。她父母不在涟水工作，所以这一次离开对她来说是永久性的离开。

　　一次性地写下对少年和童年的回忆，既让我从记忆深处勾起一些多年不再回想的人和事，也让我重新掂量离开涟水之后一路向前的得与失。得失其实并不足以萦怀，那些逝去的人和事才是值得永远怀念的。复盘也好，计较也罢，从来不是我喜欢做的事，难怪我一直下不好象棋和围棋。

象棋和围棋，和游泳跳水一样，都是自学的，乒乓球和篮球同样是自学的。我最喜欢玩的是军棋，尤其是四国大战。军棋和象棋围棋不一样，不需要精密的计算，要打赢对方，得有一种军事行动的味道，你需要的或许是兵法，在大局上布局好。这些棋类和扑克一样，都是游戏。那个时代不提倡学习，课本也简单，我们的时间多数花在玩耍和自学各种游戏和运动上了。在离开涟水前的最后一年，我们同样可以用不可思议的速度将中学的数理化学好。这种自由的中小学教育，比起现在的应试教育，或许有它的优点。

说起军棋，我觉得它的玩法更像人生。人生也不需要每一步都精确地计算，不必每一阶段都很完美，人生需要有大局观，不在乎一城一地的得失。

将这个类比移植到做学问上，甚至做其他事情上，可能也是一个很好的启发。我们需要每一幅画都是出色的吗？我们也不需每一篇论文都是出色的。只要有那么几幅优秀的作品，有那么几篇不同寻常的论文，你会比那些每一步都斤斤计较的同行走得更远，爬得更高。

文学我也是自学的。最近我从孔夫子旧书网买回来当年的一套高中语文课本，里面有《史记》的篇章，也有唐诗和宋词，有鲁郭巴茅，这些并不构成我的文学功底。可见，有一些训练和游戏一样，自学比课堂更加重要，同学比老师更加重要。

这几年，我一直思考从小学到大学，什么样的教育方式是我们更加需要的？我没有结论。我自己的成长过程可以作为一个参照点；现在，我的儿女也早已长大，他们的成长也可以作为参照点。也许有一天，我会和他们聊聊他们在成长过程中的得与失。这本书，我写完了，写作的初衷是给读者讲一些并不乏味的故事，写到最后我才觉得应该给读者提供一个成长的参照点。

透过时间的迷雾，我还能看到什么呢？我看到一个跟着二爷的儿子用柳条筐到灌溉渠里拦鱼的小学生，跟着他学会用面粉和成面筋去粘知了的小学生，跟着他学会用一段芦管插一片芦叶吹哨子的小学生。我看到了这个小学生和厂里的小朋友雨后出门，去寻找大树下的"知了龟"的洞穴；也看到他在午睡的时间偷偷摸摸跑出家门，去和小朋友在树荫下打扑克。如果深入挖掘下去，我还能看到更多忘我投入的玩耍场景——最后一年对学习的投入恰恰并不形成我的主要记忆。

我想回到过去吗？并不想回到以现在的目光重新审视的过去，这过于功利了。我想重新沉浸式地体验过去，一个清贫和快乐的过去。这个过去通往现在，一个看上去更加富足的现在。但富足也带来更多的不单纯，更多的计较，更多的担心。这一次，我利用写作的机会回到了过去，才知道如何用过去来改变现在。